हिन्द पॉकेट बुक्स

यह भी प्रेम

विमल मित्र प्रख्यात बांग्ला लेखक व उपन्यासकार थे। विमल ने सन् 1938 में कलकत्ता विश्वविद्यालय से बांग्ला साहित्य में एमए की उपाधि ली और रेलवे में विभिन्न पदों पर नौकरी की। जून 1956 में डिप्टी चीफ कंट्रोलर के पद से इस्तीफा दे दिया और स्वतंत्र लेखन करने लगे। उन्होंने भारतीय साहित्य को लगभग साढ़े तीन दशकों तक लिखते हुए 60 से अधिक उपन्यास और कहानी संग्रह दिए हैं। उनकी सर्वाधिक चर्चित कृतियों में *साहिब बीवी और गुलाम* शामिल है, जिस पर एक लोकप्रिय फिल्म का निर्माण हुआ। *मुजरिम हाज़िर* नामक एक अन्य कृति पर एक लोकप्रिय टीवी धारावाहिक का भी निर्माण हुआ।

यह भी प्रेम

विमल मित्र

हिन्द पॉकेट बुक्स
पेंगुइन रैंडम हाउस इम्प्रिंट

हिन्द पॉकेट बुक्स

यूएसए। कनाडा। यूके। आयरलैंड। ऑस्ट्रेलिया। सिंगापुर
न्यू ज़ीलैंड। भारत। दक्षिण अफ्रीका। चीन

हिन्द पॉकेट बुक्स, पेंगुइन रैंडम हाउस ग्रुप ऑफ़ कम्पनीज़ का हिस्सा है,
जिसका पता global.penguinrandomhouse.com पर मिलेगा

पेंगुइन रैंडम हाउस इंडिया प्रा. लि.,
चौथी मंजिल, कैपिटल टावर -1, एम जी रोड,
गुड़गांव 122 002, हरियाणा, भारत

पेंगुइन
रैंडम हाउस
इंडिया

प्रथम संस्करण हिन्द पॉकेट बुक्स द्वारा 1980 में प्रकाशित
यह संस्करण हिन्द पॉकेट बुक्स में पेंगुइन रैंडम हाउस द्वारा 2022 में प्रकाशित

10 9 8 7 6 5 4 3 2

ISBN 9789353496814

मुद्रकः रेप्रो इंडिया लिमिटेड

www.penguin.co.in

FSC www.fsc.org MIX Paper from responsible sources FSC® C047271

This is a legitimate digitally printed version of the book and therefore might not have certain extra finishing on the cover.

यह भी प्रेम

बहुत दिनों से मेरी इच्छा थी कि जुआड़ियों को लेकर एक उपन्यास लिखूंगा। पर उपन्यास कहने से ही जो भाव मन में आता है, ठीक वैसा उपन्यास नहीं।

सचमुच हम जिसे उपन्यास कहते हैं, वह भला एक आदमी अपनी जिंदगी में कितना लिख पाता है! हम जिसे ठीक उपन्यास कहते हैं, उस तरह के उपन्यास मैंने अब तक पांच या छः ही लिखे हैं। ये उपन्यास आकार में जितने बड़े हैं, विषयवस्तु में भी उतने ही विस्तृत। बरगद के पेड़ की तरह बड़ी-बड़ी शाखाओं-प्रशाखाओं से बना विराट स्वरूप, हालांकि उसके बीच हो एक जाति का, एक समाज का या इतिहास का एक परि-च्छेद और उसके मध्य से एक जाति, समाज या युग के उत्थान-पतन की कहानी होगी और तभी उसे हम सही उपन्यास कह सकेंगे।

लेकिन यह बहुत परिश्रम का काम है। किसी लेखक के लिए भी यह संभव नहीं कि वह इस तरह का उपन्यास एक दिन, एक मास या एक वर्ष में लिख ले। इसके लिए प्रचुर समय और जगह चाहिए। यह लेखक के बीस-पच्चीस वर्षों के चिंतन, कठिन परिश्रम और निष्ठा का परिणाम होता है। किसी लेखक के जीवन में इस तरह का एक ही उपन्यास यथेष्ट होता है।

और किसी भी पत्रिका के पूजा-अंक के लिए इतना समय ही कहां होता है।

'देवदास' शरत् चन्द्र की ऐसी ही एक कृति है, जो व्यक्ति को केन्द्र में रखकर लिखा गया है। किन्तु किसी महान उपन्यास में व्यक्ति-स्वरूप गौण

होता है, प्रधान होता है देश, जाति, समाज अथवा इतिहास का कोई विशेष युग। उस युग के समग्र रूप को प्रस्तुत करना ही किसी महान उपन्यास का प्रमुख कार्य है। पिछले सात-आठ वर्षों से विभिन्न पत्र-पत्रिकाओं के पूजा-अंकों में जो उपन्यास छापने की रीति प्रचलित हुई है, वह वास्तव में उपन्यास न होकर एक लम्बी कहानी ही होता है।

अपने उपन्यासों या लम्बी कहानियों में अब तक मैं अनेकों विचित्र प्रकार के चरित्रों का समावेश करने की कोशिश करता रहा हूं। कभी स्कूल-मास्टर, कभी ओवरसियर, कभी वेश्याएं, कभी शिक्षित पर बेकार कोई युवक या फिर कभी अवकाश-प्राप्त सरकारी आफिसर। और भी कितने ही प्रकार के चरित्रों का समावेश करना पड़ा है, यह ठीक नहीं। और सभी चरित्र अभी भी मुझे याद हों, ऐसी बात भी नहीं।

पर यह बात बम्बई जाने पर उठी थी।

एक व्यक्ति ने मुझसे कहा था, "आपने तो बहुत-से चरित्रों को लेकर लिखा है, कभी जुआड़ियों को लेकर लिखिए न!"

मैंने कहा था, "जुआड़ियों के संबंध में तो मैं कुछ जानता नहीं।"

वह बोले, "फिर एक दिन आप यहां के जुआ के अड्डों पर चलें। मैं आपको ले चलूंगा।"

मैंने कहा था, "क्या एक दिन अड्डों पर जाने से ही सब कुछ जाना जा सकता है? कई-कई दिनों तक जाना होगा, तब कहीं···"

उन्होंने कहा, "मैं यह भी कर सकता हूं। आप वहां नियमित रूप से चलिएगा। यहां जितने क्लब हैं, सभी में जुआ खेला जाता है। बड़े-बड़े घरों की औरतें-बहू, बेटियां आकर जुआ खेलने बैठ जाती हैं। उनको जुआ का इतना नशा है कि कई बार कोई कुर्सी खाली ही नहीं मिलती।"

मैंने कहा था, "तब तो किसी क्लब का सदस्य बन जाना चाहिए।"

वह सज्जन बोले, "सदस्य बनना बहुत ही कठिन है। एक-एक क्लब में सदस्य बनने के लिए दस-बारह वर्षों तक प्रतीक्षा करनी पड़ती है। क्योंकि सदस्यों की संख्या तो अधिक बढ़ाई नहीं जा सकती। इसका भी एक निश्चित नियम है। एक-एक क्लब का सदस्य बनने के लिए चार-पांच हजार रुपये लगते हैं। इतने रुपये देकर भी दस-बारह वर्ष तक प्रतीक्षा

करनी पड़ती है।"

मैंने पूछा था, "इतना रुपया क्यों लगता है?"

"इसलिए कि इतना रुपया देकर बड़े घरों के लोग ही सदस्य बन सकते हैं। गरीबों को इन क्लबों में नहीं लिया जाता। पर मैं यहां के सभी क्लबों का मेम्बर हूं। मैं आपको अपना गेस्ट बनाकर ले जा सकता हूं। इतनी क्षमता सदस्यों की होती है।"।

"तो क्या आप भी जुआ खेलते हैं?"

यह सज्जन यहां के एक बैंक के एजेण्ट हैं।

बोले, "मेरे बैंक के कामों में इससे सुविधा होती है, इसी कारण मज-बूरन मुझे सभी क्लबों का मेम्बर बनना ही पड़ता है। इससे हमारा बिजनेस बढ़ता है, क्योंकि इन क्लबों में बड़े-बड़े लोगों से परिचय होता है, घनिष्ठ संपर्क बनते हैं।"

किन्तु उस बार किसी क्लब में जाना संभव नहीं हो पाया और इसी कारण यह इच्छा अपूर्ण ही रह गई।

जुआ का नशा कितना भयानक है, यह रेस के मैदान के सामने जाकर खड़ा होने पर ही पता चल जाता है। रेसवाले दिन कलकत्ता रेसकोर्स मैदान के सामने गाड़ियों की जो लम्बी कतार लगती है, उसे देखकर ही समझा जा सकता है कि जुआ का नशा कितना भयानक होता है। घुड़दौड़ का नशा जितना अमीरों को होता है, उससे सौगुना अधिक गरीबों को। जुआ के क्षेत्र में अमीर-गरीब का कोई अन्तर नहीं है। रेसकोर्स मैदान के अंदर अमीर-गरीब सभी मित्र हैं। पर मैदान से बाहर आते ही कोई किसी-को नहीं पहचानता। एक व्यक्ति पैदल या बस में झूलते-झूलते अपने घर पहुंचेगा और दूसरा अपनी 'इम्पोर्टेड कार' में धूल-धुआं उड़ाता हुआ किसी शराब की दुकान में जा पहुंचेगा।

जुआ ऐसी ही एक चीज है जिससे मुझे सख्त घृणा है, पर एक तरह का इसके प्रति मन में कौतूहल भी है। जुआ खेलकर अपना सब कुछ नष्ट करते हुए मैंने कइयों को देखा है और कितनों ने जमीन-मकान-गाड़ी कर लिया, यह भी अपनी आंखों से ही देखा है। मुझे बराबर ऐसा ही लगता है कि जुआ आज वर्तमान सभ्यता का जहां एक अंग है, वहीं इस काल का

सबसे बड़ा आप भी।

पर जब मैंने लेखकीय धर्म स्वीकार किया है तो जीवन को चारों दिशाओं से देखना ही पड़ेगा। एक दिशा से किसी चीज को देखना, देखना होता ही नहीं। आंशिक रूप से भी किसी चीज को देखना प्रायः गलत सिद्ध होता है। मैं तो यही समझता हूं कि किसी भी लेखक के लिए आवश्यक है कि वह जीवन के हर क्षेत्र को खुली आंखों से चारों तरफ से देखे। जो दिन भर कहीं नौकरी करते हैं और शेष समय में साहित्य-रचना, उनके अन्दर लेखकीय दायित्व कम होता है। किन्तु मेरा दायित्व अधिक है। मेरा दायित्व जिस तरह अधिक है, उसी तरह मुझसे पाठकों की मांग भी अधिक है। और इस मांग को पूरा करने के लिए ही मुझे घूमते रहना पड़ता है।

इसी कारण इस बार जब मैं जबलपुर गया तो उस सज्जन पुरुष से मेरी घनिष्ठता बढ़ गई। उनके घर में ही मेरी रहने की व्यवस्था हो गई। उनका नाम था कांति चट्टोपाध्याय।

कांति चट्टोपाध्याय जबलपुर के पुराने वासिन्दे हैं। पेशे से वकील हैं। किसी समय उन्होंने अथक परिश्रम किया था और अब उसीका फल भोग रहे हैं। अभी भी कोर्ट जाते हैं, पर किसी खास मामले में ही। अब लड़के बड़े हो गए हैं, नाती-नातिन भी हैं। अतः कहा जा सकता है कि वे अवकाश-प्राप्त हैं।.

कॉन्फरेंस कई दिन पहले ही शेष हो गया था। वक्तव्य या आलोचना जो कुछ होना था, वह सात दिनों तक बराबर चलने के बाद एक दिन समाप्त हो गया। आमंत्रित व्यक्ति भी अपने-अपने घरों को लौट गए थे। सिर्फ मैं कांति बाबू के विशेष अनुरोध पर जबलपुर में ही रह गया हूं।

कांति बाबू ने कहा था, "और कुछ दिन यहां रुक जाइए न। इतने दिनों तक तो आप हो-हल्ला में ही फंसे रहे—सिर्फ सभा और लेक्चर। अब कुछ दिन आराम से अड्डाबाजी किया जाए।"

मैंने कहा, "मैं तो बेकार आदमी हूं, पर आप? आपके कोर्ट का काम?"

कांति बाबू बोले, "मैं बयालीस वर्षों से वकालती कर रहा हूं। अब

अगर कुछ कम काम भी करूं. तो क्या नुकसान? और फिर मेरे जूनियर तो हैं ही। उन्हें भी तो मौका मिलना चाहिए।"

हां, यह सच है। सभी व्यापार या काम में एक दिन रिटायर होना जरूरी है। नौकरी में तो एक दिन मजबूरन रिटायर होना पड़ता है। पर व्यापार में कितने लोग रिटायर होते हैं! जो ऐसा करता है, वह बुद्धिमान होता है। कांति बाबू ऐसे ही गिनती के लोगों में से एक हैं। उन्होंने जबल-पुर में तीन मकान बनवाए हैं। वे अपने पुरातन मकान में ही रहते हैं। शेष दोनों मकान दोनों बेटों के नाम हैं। वे शादी के बाद अपने-अपने मकान में रहने लगे हैं। उनके लिए सब कुछ अलग हो चुका है—अलग मकान, अलग भोजन, अलग गाड़ी। पर मिलना सभीका रोज होता है। नाती-नातिनियों के साथ कुछ देर तक खेलकूद जब तक कांति बाबू न कर लें, उनका समय नहीं कटता, न पेट का खाना ही पचता है।

मैं एक साहित्य-सभा में गया था। जाने के बाद एक दिन रहकर लौट आऊंगा, यही मेरी इच्छा थी। किन्तु ऐसा नहीं हुआ। कांति बाबू के स्नेह-डोर में मैं फंस गया। और फिर कोर्ट में भी तब छुट्टियां थीं।

सुबह से ही हम गप्पबाजी में जुट जाते। बीच-बीच में चाय के प्याले आते रहते। उसके बाद षष्ठ प्रकार के व्यंजन का हम भोग लगाते। बाजार से चुन-चुनकर मछली, केला, मूली आदि मेरे लिए वे मंगवाते। मेरे लिए उन्होंने विशेष व्यवस्था की थी।

एक दिन मैंने बातों ही बातों में पूछा, "यहां आप लोगों के लिए कोई क्लब वगैरह नहीं है?"

कांति बाबू बोले, "क्लब नहीं है? आजकल तो क्लब का ही युग है। मैं भी तो एक क्लब का मेम्बर हूं। पर रोज वहां जा पाना मेरे लिए संभव नहीं हो पाता। मुवक्किलों के साथ विचार-विमर्श करते-करते ही हमेशा रात के बारह बज गए हैं।"

"क्लब में जुआ नहीं खेला जाता?"

"जुआ नहीं होगा? आर्डिनेंस फैक्टरी क्लब में जिस तरह शराब की व्यवस्था है, उसी तरह ताश की भी। पर मैं इन दोनों रसों से वंचित हूं। कभी-कभी वहां जाता जरूर हूं, पर ज्यादा देर तक रुकता नहीं।"

उनकी बात सुनने के बाद मैंने अपने मन की बात उनसे कही, फिर बोला, "जुआड़ियों को देखने की मेरी बड़ी इच्छा है।"

कांति बाबू बोले, "मिल जाएंगे। बहुत-से जुआड़ी मिल जाएंगे। जबलपुर में जुआड़ियों का प्रभाव नहीं है। फैक्टरी में जो काम करते हैं, उनके पास पैसे का अभाव तो है नहीं, एक बार ताश लेकर बैठ जाने पर फिर उन्हें समय का भी ध्यान नहीं रहता।"

फिर कुछ रुककर वह बोले, "आज शाम क्लब चलेंगे क्या?"

"मुझे क्या आपत्ति हो सकती है? चलिए, एकसाथ ही चलते हैं।" मैं बोला, "आप उनके साथ जुड़ा खेलेंगे क्या?"

"नहीं, मैं ताश नहीं खेलूंगा।" कांति बाबू बोले, "असल में मैं ताश के पत्ते ही नहीं पहचानता।"

मैं बोला, "मैं भी नहीं पहचानता।"

"फिर जुआ देखने के लिए इतना आग्रह क्यों है?" कांति बाबू ने पूछा।

"मैं जुआड़ियों के जीवन को लेकर एक उपन्यास लिखना चाह रहा हूं।" मैंने कहा।

"तो फिर चलिए, आज ही आपको क्लब में जुआड़ियों से साक्षात् मिलवा दूं।" वह बोले, "मैं भी तो आर्डिनेंस फैक्टरी का मेम्बर हूं।"

2

तो मैंने जीवन में पहली बार तब किसी जुगाड़ी को देखा था। बम्बई में जुगाड़ियों के जिस रूप की चर्चा मैंने सुनी थी, जबलपुर में वह बात नहीं थी। बम्बई में जहाजियों के जुए के अड्डे हैं जो बहुत ही कुख्यात हैं, अंग्रेजी में बोला जाता हैं, 'गैम्बलिंग डेन।' यहां ऐसा कोई नशा नहीं जो न मिले। गांजा, चरस, शराब से शुरू करके 'देसी' तक मिलता है।

किन्तु जहां सिर्फ संभ्रांत घरों के लोग जाते हैं, वहां केवल शराब मिलती है और वह भी विलायती। बड़े-बड़े सुप्रसिद्ध सिनेमा-डायरेक्टर या बिजनेस एक्सक्यूटिव वहां आकर जुआ खेलते हैं। इसके साथ-साथ व्हिस्की के गिलास को चूमते रहते हैं। एक बार सुबह से जो जुआ शुरू होता है, वह रात के नौ-दस बजे तक समान रूप से चलता है। दिन-भर कोई दल आता है तो कोई जाता है। वे सब इज्जतदार क्लब हैं। हजारों रुपया लिए बिना इन क्लबों का मेम्बर नहीं बना जा सकता।

जबलपुर में भी ठीक वही बात थी। डाक्टर, इंजीनियर, वेलफेयर आफिसर से लेकर एडवोकेट, व्यवसायी, मेयर—सभी यहां सदस्य बन सकते हैं। यहां भी चंदा काफी है। प्रायः सभीके पास अपनी गाड़ी थी। किसी-किसी मेम्बर का पूरा परिवार ही आता। कई बार बाप-मां, बेटी-बेटे एकसाथ ही एक ही गाड़ी में आते और कुछ देर तक हो-हल्ला मचाने के बाद चले जाते। बहुत कुछ पहले के ऊटी-यूरोपियन क्लबों को तरह। सुना है, उस वक्त ऊटी-यूरोपियन क्लबों में लड़कियों का प्रवेश वर्जित था। अब भी यदि वह क्लब हो तो निश्चय ही इस नारी-मुक्ति-युग में उसके नियमों में परिवर्तन हो गया होगा। अब तो कलकत्ता के रेस में भी मां-

पिता, बेटा-बेटी को एकसाथ जाते हुए मैंने देखा है। पिता अपनी पसंद के घोड़े पर बाजी लगाता है, मां अपनी पसंद के घोड़े पर। बेटे-बेटियां भी अपनी-अपनी पसंद के अनुसार बाजी लगाती हैं। एक ही परिवार का एक व्यक्ति जीत जाता है तो दूसरा हार भी जाता है। हार-जीत के इस रोमांच के बीच ही इनकी जिंदगी निश्चित कट जाती है। जुआ खेलना अन्याय है, यह तो किसीके मन में आता नहीं। क्योंकि उनकी भाषा में यह 'स्पोर्ट्‌र्स' है।

कांति बाबू मुझे लेकर जब क्लब पहुंचे, उस वक्त तक सांझ घिर आई थी। देखा, अधिकांश टेबलों पर संभ्रांत व्यक्ति ताश लिए मस्ती से बैठे हैं। अभी किसी भी दूसरी तरफ दृष्टि डालने की फुरसत उन्हें नहीं है। उनके लिए इस वक्त 'टाइम इज मनी' वाली बात है, अर्थात् समय माने ही रुपया। धन। सभी के सामने एक-एक गिलास है। गिलास में ठंडी व्हिस्की लबलबा रही है। जुआड़ियों का टेंशन जितना ही बढ़ रहा है, शराब का आर्डर उतना ही अधिक हो रहा है। क्लब के खजाने में उसी अनुपात में वृद्धि हो रही है।

कांति चट्टोपाध्याय चारों तरफ घुमा-घुमाकर मुझे दिखाने लगे सब कुछ।

बोले, "यह देखिए विमल बाबू, वह जो लाल बूट-शर्ट पहने सज्जन हैं, वे आर्डिनेंस फैक्टरी के वेलफेयर आफिसर मिस्टर सिन्हा हैं, और वह महिला, जो स्लीवलेस ब्लाउज पहने हुए एकटक ताश को देख रही हैं, वे हैं मिस शुक्ला। यहां के गर्ल्स कानवेंट में वे प्रिंसिपल हैं। और उधर देखिए, वह जो गिलास पर गिलास व्हिस्की गटक रहे हैं, और झपाझप ताश फेंक रहे हैं और उठा रहे हैं, वे हैं डाक्टर बैनर्जी। वे यहां के डाक्टर हैं। और ये इस क्लब के सबसे बड़े जुआड़ी हैं।"

"डाक्टर बैनर्जी ? बंगाली ?"

कांति चट्टोपाध्याय बोले, "हां। बंगाली होने से क्या होगा, अन्य सभी जातियों के लोगों से बड़े जुआड़ी हैं।"

फिर कुछ रुककर बोले, "उनकी बात बताने के लिए ही मैं आज आपको यहां लाया हूं। ये रोज शाम पांच बजे नियम से यहां आते हैं।

आज भी शाम को ही पाए हैं। घर लौटेंगे रात दस बजे, जब क्लब वाले दरवाजा बन्द कर देंगे।"

"ये डाक्टर हैं, अगर इतनी देर तक क्लब में रहते हैं तो रोगी कब देखते हैं?" मैंने हैरानी से पूछा।

"रोगी तो ये देखते ही नहीं।"

"अगर रोगी नहीं देखते तो फिर इनका पेट कैसे भरता है? परिवार का खर्च कैसे चलता है?"

कांति बाबू बोले, "सुबह में जो दो-चार रोगी आ जाते हैं, उन्हें ही देख लेते हैं। उसीसे जो मिल जाए।"

"पर उतने से क्या परिवार का खर्चा चल जाता है?"

"इनके परिवार में कोई नहीं है। एक लड़का था, वह भी अब स्विट्जरलैंड चला गया है। इनका जो कुछ खर्चा है, इस जुआ में ही। प्रतिदिन यहां ताश खेलते हैं और प्रतिदिन हारते हैं। क्लब का उधार ही उतार नहीं पाते। क्लब की शराब का उधार ही काफी हो गया है।"

"क्लब वाले फिर इनका नाम अपने यहां से काट क्यों नहीं देते?" मैंने पूछा।

कांति बाबू बोले, "एक बार काट दिया था पर क्लब के अन्य सदस्यों ने अनुरोध करके उनका नाम फिर रखवा दिया। प्रायः पांच हजार का कर्जा हो गया है क्लब का।"

मैंने इस बार डाक्टर बैनर्जी को जरा ध्यान से देखा। शरीर पर काफी कीमती पोशाक। कौन कहेगा कि डाक्टर बैनर्जी पर इतना कर्जा है?

"इन्हें आप अच्छी तरह देख लीजिए," कांति बाबू बोले, "आपने कहा था, जुआड़ी देखेंगे, इसलिए दिखला रहा हूं। बाहर से इन्हें देखकर कौन कह सकता है कि घर और बाहर में इनपर इतना कर्जा है?"

"घर और बाहर माने?"

"क्लब में जिस तरह पांच हजार देना है, उसी तरह घर पर सुबह ही सुबह काबुलीवाला अपने पैसों का तकादा करता है।"

कांति चट्टोपाध्याय की बात सुनकर मैं चकित रह गया। आया था

साहित्य-सम्मेलन में सभापति बनकर और यहां अप्रत्याशित रूप से एक जुआड़ी-चरित्र मिल गया मुझे।

किन्तु अभी भी मुझे क्या पता है कि मेरे लिए कितनी विस्मयजनक बातें छिपी पड़ी हैं !

मैं एकटक डाक्टर बैनर्जी को देख रहा था। एकाग्र मन से वे तब भी ताश खेल रहे थे। जेब से रुपये निकाल-निकालकर वे टेबल पर डालते जा रहे थे और व्हिस्की के गिलास को अपने अन्दर खाली करते जा रहे थे।

जुआ खेलकर अपना विनाश करनेवालों की कहानियां मैंने बहुत सुन रखी थीं, पर किसीको जुआ खेलते हुए साक्षात् इससे पहले मैंने कभी नहीं देखा था। जैसे कोई विचित्र जीव मेरी आंखों के सामने खड़ा हो। किसी दूसरी तरफ ध्यान नहीं, किसी और बात की तरफ दृष्टि नहीं। मन की सारी एकाग्रता ताश के पत्तों और पैसों पर। और दिल-दिमाग को ताजा रखने के लिए वही शराब का घूंट पर घूंट। यह एक अजीब दृश्य था। शायद लक्ष्यभेद करते समय अर्जुन भी इतना एकाग्र न रहा होगा।

"चलिए।"

अचानक कांति बाबू की आवाज से मेरी तन्द्रा टूटी।

कांति बाबू फिर बोले, "चलिए, रात हो रही है, यहां रहने से और कोई लाभ नहीं। अभी दस बज जाएगा और क्लब के दरवाजे बन्द हो जाएंगे।"

कांति बाबू के साथ मैं बाहर आ गया।

गाड़ी में बैठते ही मैंने पूछा, "यह हुआ कैसे कांति बाबू? अशिक्षित व्यक्तियों को यह नशा हो तो बात समझ में आती है, पर डाक्टर बैनर्जी जैसे व्यक्ति के साथ यह कैसे हुआ ?"

"यह एक मर्मान्तक ट्रेजेडी है।" कांति बाबू बोले।

"क्या मतलब ?"

कांति बाबू बोले, "देखिए, डाक्टर बैनर्जी कोई छोटे-मोटे डाक्टर नहीं हैं। आर॰ जी॰ कर हास्पिटल के वे हीरा थे। और आज उन्हींको

यह परिणति है।"

"तो क्या यह शराब और जुआ का नशा वे छोड़ नहीं सकते?" मैंने पूछा, "ये दोनों ही खराब चीजें हैं, क्या यह उन्हें कोई समझा नहीं सकता?"

"फिर जुआड़ी कहते किसे हैं?" कांति बाबू बोले, "मैंने क्या कम समझाया है? या वे क्या कोई साधारण डाक्टर हैं? वे जब सर्वप्रथम यहां आए थे, मेरी बड़ी बेटी को टाइफायड था। मैंने इन्हें बुलाया था। इनसे पहले और भी कई डाक्टरों को मैं बुला चुका था। किन्तु मेरी बेटी को ठीक करने में किसीको सफलता न मिली। इन्होंने ही मेरी बेटी को बचा लिया था। इसी कारण मैं अभी भी इनका कृतज्ञ हूं।"

गाड़ी कांति बाबू के मकान के सामने आकर खड़ी हो गई थी। मैं गाड़ी से नीचे उतर आया। वे भी उतरे और बोले, "आइए, खाना खाते हुए, मैं आपको सब कुछ बताता हूं।"

3

"जीवन को भोगने की भी कई पद्धतियां हैं। कोई जीवन को अस्वीकार करके ही इसका भोग करता है और कोई जीवन का पूरी तरह शोषण करके इसका भोग करता है। आदमी-आदमी के अनुसार भोग की व्याख्या भी अलग-अलग है।

"डाक्टर बैनर्जी का वास्तविक नाम है, एस॰ बैनर्जी—सुशीतल बैनर्जी। बहुत ही अच्छा डाक्टर। मेरे साथ बहुत हो घनिष्ठता हो गई थी। मेरे परिवार में भी सभीकी चिकित्सा वे ही करते। पर तब मुझे ज्ञात नहीं था कि उनके जीवन में कमी कहां है।"

बोलते-बोलते कांति बाबू हंसे।

मैंने पूछा, "उन्हें कोई समझा नहीं पाया? जुआ खेलना कितनी खराब बात है, यह उन्हें समझाया जा सकता है।"

कांति बाबू बोले, "यही अगर वे समझते तो उनकी जिंदगी सहज हो,जाती।"

कांति बाबू कुछ रुककर फिर सुनाने लगे :

"इनके पिता एक गांव के साधारण व्यक्ति थे। धार्मिक प्रवृत्ति थी उनकी। सुबह भोर में ही उठकर हरिनाम का जाप करते। मां इनके जन्म के समय ही परलोकवासी हो गई थीं। तब से पुत्र का सारा भार पिता पर ही आ पड़ा था।

वे भोर में उठकर ही पुत्र को जगा देते। कहते, 'मेरे साथ उपनिषद् पढ़ो।'

इस तरह किसी दिन कठोपनिषद् तो किसी दिन कुछ और या फिर

किसी दिन स्कूल की पुस्तक ही। पर सुबह में पढ़ना जरूरी था। घर पर ही वे बेटे को संस्कृत पढ़ाते। संस्कृत की शिक्षा ही असली शिक्षा है।

कहते, 'स्कूल में तुम जो कुछ पढ़ते हो, पढ़ो, किन्तु आदमी बनने के लिए तुम्हें संस्कृत-ग्रंथों को पढ़ना ही होगा। जैसे ईशोपनिषद्। ईशोपनिषद् में लिखा है:

ईशा वास्ममिदं सर्वांग यत्किंच जगत्यां जगत,

तेन त्याक्तेन भुजीथा मा गृधः कस्य स्विन्धनम्।

इसका अर्थ जानते हो? हमारी यह समस्त पृथ्वी ही भगवान का निवासस्थल है। यह जो कुछ तुम देख रहे हो, वह सब भगवान का वासस्थल है। और पृथ्वी पर जो कुछ भी है, वह सब हर समय बदल रहा है। इसलिए ऋषि ने कहा है कि यहां जो कुछ भोग करने के लिए है, उसे निरासक्त भाव से भोग करना ही उचित है। किसीकी सम्पत्ति पर लोभ मत करो।'

बच्चा सुशीतल पिता के सामने बैठा सब कुछ सुनता रहता।

पिता पूछते, 'क्या हुआ? चुप क्यों बैठे हो? कुछ समझे?'

सुशीतल कहता, 'नहीं।'

पिता कहते, 'इस में नहीं समझने की क्या बात है? फिर अभी समझो या न समझो, बाद में समझ जाओगे। मैं भी बचपन में कुछ नहीं समझता था। बाद में समझा। इसलिए पहले तुम्हें यह बताना जरूरी है कि उपनिषद् क्या है। सुनो...'

कहकर वे उपनिषद् का अर्थ समझाने की कोशिश करते।

पिता गांव के प्रतिष्ठित व्यक्ति थे। जमीन-जायदाद थी। लोग कहते, 'हरिश्चन्द्र ब्रह्मर्षि पुरुष हैं।'

पृथ्वी की किसी भी वस्तु पर हरिश बाबू का लोभ नहीं था। कुछ पैतृक संपत्ति के वे अधिकारी थे। उसीसे उनका जीवन-यापन हो रहा था। लोभ, हिंसा, आकांक्षा उनमें कुछ नहीं था। एकमात्र संतान सुशीतल को जन्म देकर ही पत्नी परलोकगामी हो गई थीं। उसके बाद से वे जैसे संसार-त्यागी हो गए थे। दिन-रात दोस्त-मित्रों के बीच बैठे धर्म-चर्चा करते रहते और पुत्र वह सब कुछ सुनता रहता।

लड़का गांव के स्कूल में ही पढ़ता। लड़का पढ़ने-लिखने में अच्छा रहे, इसकी तरफ पिता का पूरा ध्यान रहता। इसके लिए अच्छा से अच्छा मास्टर रखने में कोई कृपणता नहीं दिखाते। कहते, 'पुत्र को सुपुत्र बनाने के लिए पिता को भी पहले सुपिता होना होगा।'

जो उनके यहां नियमित रूप से आते थे, वे उनकी बात को महत्त्व-पूर्ण मानते थे। कहते, 'आप स्वयं अच्छे हैं, इसलिए सुशीतल को भी सुपुत्र रूप में पाए हैं।'

हरिश बाबू लड़के को भोर में चार बजे जगा देते। चाहे गर्मी हो या सर्दी, कभी यह नियम नहीं टूटता था।

कहते, 'तुम्हें अभ्यास कराए दे रहा हूं ताकि जब मैं न रहूं, तब भी, तुम्हें कोई असुविधा न हो। यह नियम जिन्दगी भर मानना।'

भोर में उठकर वे स्वयं जो करते, पुत्र से भी वही करवाते। कहते, 'उपनिषद् ज्ञान के भंडार हैं। हिंसा, लोभ, क्रोध आदि पर जो विजय पाएगा, उसीको इस संसार में रहने का अधिकार होगा। एकमात्र सत्य ही यहां नित्य है और बाकी सब कुछ अनित्य। सत्य बोलना होगा, सच्चा आचरण करना होगा, सत्य-पथ पर चलना होगा तभी व्यक्ति को मनुष्य की मर्यादा प्राप्त होगी। अगर मनुष्यता प्राप्त करना चाहते हो तो हिंसा, लोभ, मोह, क्रोध का तुम्हें त्याग करना होगा।"

कांति बाबू बोले, "बचपन से ही इस तरह की अच्छी-अच्छी बातें सुनते-सीखते रहे हैं डाक्टर सुशीतल बैनर्जी। इतने बड़े पंडित पिता की दी हुई शिक्षा। जिसको उस गांव के लोग देवता मानते थे, उसी पिता का पुत्र है यह डाक्टर बैनर्जी।"

"फिर किस तरह उनका यह अधःपतन हुआ?" मैंने पूछा।

कांति बाबू बोले, "वही कहानी बताने के लिए तो आज मैं आपको क्लब ले गया था। डाक्टर बैनर्जी को दिखाया। देखा तो आपने कि इतने ही समय में पांच पंग व्हिस्की वे खत्म कर चुके थे और कितना रुपया हारे, इसका कोई हिसाब नहीं। इनके पास एक कीमती रिस्टवाच थी, वह भी अब बंधक रखी पड़ी है। इस शराब और जुआ के लिए उन्हें अपनी गाड़ी तक बेच देनी पड़ी है। इनके पास क्या नहीं था! इम्पोर्टेड

गाड़ी थी, नौकर-चाकर थे, ड्राइवर था। सब कुछ था इनके पास। कालेज में अच्छे विद्यार्थी के रूप में इनकी पर्याप्त ख्याति थी। मैट्रिक की परीक्षा में प्रथम रहे थे। स्कालरशिप के साथ-साथ सोने का मेडल भी इन्हें मिला था।"

"पर आपने यह सब कैसे जाना?" मैंने पूछा।

कांति बाबू बोले, " जानूंगा नहीं? ये मेरे फैमिली डाक्टर थे। महीने में दस दिन ये मेरे घर आते थे। मैं भी प्रतिदिन इनके चेम्बर में जाता था। ये अपने जीवन की अनेक कहानियां सुनाते। बहुत ही इण्टरेस्टिंग जीवन है इनका।

डाक्टर बैनर्जी ने मेरे सामने ही कई बार रोगियों को शराब पीने पर धमकाया था। मेरे सामने ही उन्होंने एक रोगी से कहा था, 'शराब पीना क्या अच्छी बात है? तुम तो बुद्धिमान व्यक्ति हो, क्या जानते नहीं कि शराब पीने से लीवर में असर हो जाता है?'

रोगी ने कहा था, 'डाक्टर बाबू, दोस्तों के साथ रहकर मैं पीने लगा था, अब से यह मेरे लिए विष है। मैं इसे अब छुऊंगा भी नहीं, आप कृपा करके मेरे पेट-दर्द को कम कर दीजिए।'

डाक्टर बैनर्जी क्रोधित हो उठे थे तब। बोले, 'तुमने तो कितनी ही बार मेरे सामने वायदा किया है कि अब कभी शराब नहीं छुओगे, कम से कम हजार बार कहा होगा तुमने, पर जहां पेट-दर्द कुछ कम हुआ कि फौरन ताड़ीखाने में जा घुसते हो। मैं क्या भगवान हूं कि फूंक मारकर तुम्हारे पेट का घाव ठीक कर दूंगा?'

रोगी बोला, 'हां डाक्टर बाबू, आप भगवान हैं। आपने कितने ही मरे हुए लोगों को बचा लिया है, क्या मुझे नहीं बचाएंगे? मैं आपका पैर पकड़ता हूं डाक्टर बाबू, मुझे बचा लीजिए आप।'

और रोगी सचमुच डाक्टर बैनर्जी के पैरों के ऊपर साष्टांग प्रणाम की मुद्रा में लेट गया।

डाक्टर बैनर्जी ने जल्दी से अपने दोनों पैरों को अलग हटाते हुए कहा था, 'अरे, यह तो बड़ी मुश्किल है। एक तरफ तो शराब पिएगा, जूआ खेलेगा और जितनी बुरी आदतें हैं, उन्हें पूरा करेगा, और बचाने के लिए

मैं हूं? पेट में जब घाव हुआ था तब पूछा था तुमने मुझसे? तब क्या कहा था तुमने कि डाक्टर बाबू, मैं शराब पिऊंगा? पूछा था तब? तुम्हें मैं आज बताए दे रहा हूं, तुम इसी रोग से मरोगे। आज तक जो बचे हो तो सिर्फ मेरी दवाओं के कारण। यह पता है तुम्हें? घाव इतना बढ़ गया है कि अब मेरी दवा भी कोई काम नहीं करेगी, समझे?"

कांति बाबू बोले, "मैंने अपनी आंखों से यह देखा था, अपने कानों से सब कुछ सुना था। और वही, इतने बुद्धिमान डाक्टर, आज खुद शराब और जुआ में मस्त हैं। आश्चर्य की बात नहीं है यह?"

"पर ऐसा हुआ क्यों? यह तो बताइए।" मैंने पूछा।

कांति बाबू बोले, "इसका भी कारण है। सुनिए···"

कांति बाबू फिर बोलने लगे, "डाक्टर बैनर्जी जब गांव के स्कूल में पढ़ते थे, तब भी एक अच्छा छात्र थे। यह तो मैंने पहले ही आपको बताया है, किन्तु वह लड़का आज स्कूल में फर्स्ट होगा, इसकी किसीने कल्पना तक न की थी। स्कूल के प्रेसिडेंट की मां के नाम से जो स्वर्ण-मेडल दिया जाता था, वह भी बालक सुशीतल बैनर्जी ही पा गया।

यह खबर जब हरिश्चन्द्र के कानों तक पहुंची तो वे बिलकुल चुप रहे। गांववाले जब उनके पुत्र की कीर्तिगाथाएं सुना-सुनाकर उन्हें बधाई देने लगे, तब भी वे खुश नहीं हुए। बोले, 'जीवन के प्रारंभ में ही इतनी सफलता किसीके लिए अच्छी बात नहीं है।'

लोगों ने पूछा, 'क्यों? यह क्यों कह रहे हैं पंडितजी?'

हरिश बाबू बोले, 'इससे व्यक्ति के मन में अहंकार पैदा होता है और यह अहंकार ही आदमी के जीवन को सबसे ज्यादा नष्ट करता है। सुशीतल यदि इस परीक्षा में इतनी बड़ी सफलता न पाता तो मैं अधिक खुश होता।

'आप तो एकदम नई बात सुना रहे हैं, पंडितजी!'

'मैं जो कह रहा हूं, वह एकदम सही है।' हरिश बाबू बोले, 'अभी तो उसके सामने बहुत बड़ा भविष्य पड़ा है। शेष अगर अच्छा बन पड़े तभी अच्छा होगा।'

बेटे सुशीतल से भी उन्होंने यही कहा। बोले, 'अहंकार मत करना।

अहंकार से बड़ा कोई अपराध मनुष्य के लिए नहीं है।'

सुशीतल बोला, 'मुझे अहंकार नहीं हुआ पिताजी!'

हरिश बाबू बोले, 'अहंकार न हो, यही उत्तम है। इस स्थिति में साधारण व्यक्ति में अहंकार ही पैदा होता है। मेरी काफी उम्र हुई, बहुत कुछ मैंने सीखा है इसलिए कह रहा हूं, मैंने इस स्थिति में बहुतों का पतन देखा है। देखा है, इसीलिए मैं तुम्हें सावधान किए दे रहा हूं। मेरी बात याद रखना।'

सुशीतल बैनर्जी अपने पिता को देवता की तरह पूजता था। बोलां, 'आप जो कहेंगे, मैं जीवन भर उसे याद रखूंगा, पिताजी!'

'और एक बात। सिर्फ अहंकार ही नहीं, लोभ से भी बराबर दूर रहना। धन का लोभ, सम्मान का लोभ, भोजन का लोभ हानिकारक है। और अहंकार तथा रुपया से भी ज्यादा हानिकारक होती है, स्त्री।'

सुशीतल ने इस बात का कोई उत्तर नहीं दिया।

हरिश्चन्द्र ने पूछा, 'मेरी बात का अर्थ समझे?'

सुशीतल ने कहा, 'हां, समझा।'

'इसके बाद तो तुम्हें कलकत्ता जाना होगा, वहां होस्टल में रहकर तुम्हें पढ़ना-लिखना होगा, तब मेरी बातें याद रखना।'

जिस दिन सुशीतल कलकत्ता जाकर कालेज में भर्ती होगा, उससे एक दिन पहले ट्रेन से जाने की बात थी और ट्रेन पकड़ने के लिए घर से दो घंटा पहले निकलना था।

गांव के बहुत सारे लोग उस दिन पंडितजी के घर आ जमे थे। पंडितजी का लड़का गांव छोड़कर कलकत्ता पढ़ने जा रहा था, यह सभी के लिए खुशी की बात थी और दुःख भी था। वृद्धावस्था में ही आदमी पुत्र का साथ ज्यादा चाहता है। सुशीतल की मां बहुत दिन पहले ही चल बसी थीं। इतने दिनों तक पुत्र के कारण पत्नी-वियोग को हरिश्चन्द्र सह सके थे। अब वह भी सहारा छूट रहा था। अब उन्हें अकेला रहकर ही दिन काटना होगा। कितने दिनों तक भला वे और बचेंगे? सिर्फ

उपनिषद् उन्हें कितनी सांत्वना और शांति दे सकते हैं?

सुशीतल ने पिता के परों का स्पर्श किया। फिर अपने हाथों को अपने सिर से छुआ लिया।

पिता ने उसके सिर पर हाथ रखकर आशीर्वाद दिया। फिर बोले, 'अपने काका को भी प्रणाम करो।'

पास ही खडे थे दुखहरन बाबू। हरिश्चन्द्र के घनिष्ठ मित्र। उनके पास नियम से वे रोज आते थे और दोनों साथ-साथ बैठकर आपसी दुःख-सुख की बातें किया करते।

सुशीतल ने उनके पैरों को भी छूकर प्रणाम किया।

साइकल-रिक्शा प्रतीक्षा में खड़ा था। वह उसमें जा बैठा। और साथ में बैठा—अश्विनी गोमस्ता। अश्विनी उसे स्टेशन तक छोड़कर आएगा।

दुर्गा! दुर्गा!

दुखहरन बाबू बोले, 'कलकत्ता जाते ही पत्र देना बेटे, नहीं तो तुम्हारे पिताजी बहुत चिंतित रहेंगे।'

रिक्शा आगे बढ़ गया।

सिर पर जून महीना का सूर्य। पूरी पृथ्वी तप रही थी। साढ़े बारह का समय। स्टेशन पहुंचने में दो घंटे का समय लगेगा। उसके बाद वह ट्रेन से शाम के साढ़े पांच तक कलकत्ता पहुंचेगा। वहां से सीधे होस्टल। पहले से ही सारी व्यवस्था हुई पड़ी है। कालेज में भर्ती भी हो गया है। किसी तरह को आशंका की कोई बात नहीं है।

देखते ही देखते रिक्शा रास्ते पर मुड़कर आंखों से ओझल हो गया। सभी अपने-अपने घरों को लौट गए। सिर्फ रह गए दुखहरन बाबू।

हरिश्चन्द्र बोले, 'चलो, अच्छा ही हुआ। आसक्ति कुछ कम हो, यही अच्छा है। लड़के-लड़की सभी आसक्ति ही हैं।'

दुखहरन बोले 'सुशीतल हीरे का टुकड़ा है। बहुत भाग्य से ऐसा बेटा मिलता है भाई।'

हरिश्चन्द्र बोले, 'हीरे का टुकड़ा हो या और कुछ, अपना कर्तव्य मैं कर रहा हूं। यहां गांव में पड़े रहने पर तो वही दूसरे लड़कों की तरह

बीड़ी पीता और थियेटर-यात्रा में मस्त रहता। उससे तो यही अच्छा है।'

पांच बजे अश्विनी गोमस्ता लौट आया।

दुखहरन ने पूछा, 'ट्रेन में चढ़ा आए न अश्विनी?'

अश्विनी ने कहा, 'जी हां, किसी तरह की असुविधा नहीं हुई। ट्रेन ठीक टाइम से आ गई थी।'

'जाते ही चिट्ठी देने के लिए कहा है न सुशीतल से?'

'जी हां। छोटे बाबू ने कहा है, जाते ही चिट्ठी देंगे।'

यह खबर पाने के लिए ही दुखहरन इतनी देर से बैठे थे। अब निश्चिंत होकर अपने घर लौट गए। जाते-जाते बोल गए, 'जाता हूं, घर पर मेरी बेटी अकेली होगी। उसकी तबीयत भी कई दिनों से ठीक नहीं रहती।'

हरिश्चन्द्र बोले, 'तुम अपनी बेटी को विधु वैद्यराज से दिखाओ। इस तरह उसकी अवहेलना न करो। अभी से दिखायोगे तो वह ठीक रहेगी, नहीं तो रोग बढ़ जाने पर विधु वैद्यराज का बाप भी उसे ठीक नहीं कर सकता।'

दुखहरन अपने घर की ओर बढ़ते हुए बोले, 'ठीक है, कल दिखला लाऊंगा।'

4

दुखहरन और हरिश्चन्द्र बाल-सखा थे। दोनों ही विधुर। दोनों का ही जीवन सुख-दुःख में समान रूप से कटा है। शुरू में हरिश्चन्द्र की पैतृक स्थिति अच्छी थी और दुखहरन का बस ठीक-ठाक। तब भी दोनों के बीच उनकी मित्रता में कोई फर्क नहीं पड़ा। हरिश्चन्द्र के बाग में आम पक जाए तो एक टोकरी दुखहरन के घर जरूर जाएगा। यही नियम था।

दूसरे दिन शाम को दुखहरन के आते ही हरिश्चन्द्र पूछते, 'आम कैसे लगे, दुखहरन? मीठे थे?'

दुखहरन कहते, 'अरे गुठलियों वाला श्राम भले ही है पर है एकदम गुड़। इस पेड़ की कलम लगाकर इसे और बढ़ाओ। हिमसागर भी इसके सामने मात खा जाता है। ललिता कहती थी···'

ललिता, अर्थात् दुखहरन की बेटी।

'ललिता क्या कहती थी?'

'कह रही थी, इस बार काका ने लीची तो खिलाया ही नहीं।'

हरिश्चन्द्र बोले, 'ठीक तो। लड़की ठीक ही कह रही है। मैंने खुद लीची नहीं खाया, इसलिए लीची की बात याद नहीं रही।'

अश्विनी को तभी बुलाया उन्होंने। बोले, 'पेड़ पर लीची तैयार है? एक बार बगीचे में जाकर देख तो आओ।'

अश्विनी जाकर तभी देख आया। बोला, 'नहीं, अब तो लीची नहीं है, सब तोड़ ली गई।'

अब क्या हो? ललिता बेटी लीची न खा पाए, यह तो हो नहीं

सकता। फेरीवाले हमेशा ही आम के पेड़ खरीद लेते हैं। कार्तिक, अगहन माह में ही अग्रिम रुपया जमा देकर वे लोग बगान के पेड़ अपने नाम करवा लेते हैं। इनमें से एक-दो पेड़ अपने लिए रख लिए जाते हैं। पर लीची के लिए ऐसा नहीं होता। लीची के सभी पेड़ ही इन्हें दे दिए जाते हैं।

हरिश्चन्द्र बोले, 'जाओ अश्विनी, चौधरी बाबू से मेरा नाम लेकर लीची के दो गुच्छे मांग लाओ। ललिता बेटी लीची खाना चाह रही है, और मैं उसे लीची न खिला सकूं, यह मेरे लिए कितने शर्म की बात है...'

कभी-कभी अश्विनी को भेजकर वे दुखहरन को दोपहर में बुला लेते। कहते, 'जाकर कहो, सुशीतल की चिट्ठी आई है।'

चाहे जितना ही काम हो, सब छोड़कर, सुशीतल की चिट्ठी पढ़ने के लिए दुखहरन दौड़े आते। कहते, 'क्या लिखा है सुशीतल ने? पढ़कर जरा सुनाओ तो...।'

हरिश्चन्द्र कहते, 'तुम खुद ही पढ़ो। मैंने पढ़ लिया है। यह लो।'

दुखहरन चिट्ठी लेकर जोर-जोर से पढ़ते।

उसके बाद कहते, 'भई, मेरा नाम भी उसने लिया है। भगवान उसे बचाए रखें...हमारा नाम रोशन करे, यही मेरा आशीष है।'

सुशीतल कलकत्ता से बड़ी-बड़ी चिट्ठियां लिखता। कभी समय न होता तो संक्षिप्त पत्र भी डाल देता। कलकत्ता में किस तरह वह अपना दिन काट रहा है, किस तरह पढ़-लिख रहा है, प्रोफेसर क्या कहते हैं, क्या नहीं, क्लास में दूसरे लड़के क्या कहते, करते हैं, सब कुछ लिखता वह। और कभी-कभी छोटा पत्र भी लिखता—चिट्ठी लिखने का समय ही नहीं मिलता।

एक बार उसने लिखा, 'मेरे सभी दोस्त छुट्टियों में जबलपुर जा रहे हैं, मैं भी जाना चाह रहा हूं...'

दुखहरन को तत्काल बुलाया गया।

बोले, 'यह देखो दुखहरन, सुशीतल क्या लिख रहा है?'

दुखहरन ने पत्र पढ़ा।

बोले, 'तो जाए ना, दोस्त-मित्रों के साथ घूमने-फिरने जाएगा, यह तो अच्छी बात है। कभी-कभी इस तरह देश-विदेश घूमना भी अच्छा होता है, समझे? जितना देश देखेगा, उसकी जानकारी उतनी ही बढ़ेगी। इस गांव में ही जिन्दगी-भर पड़ा रहा तो कभी भी उन्नति नहीं कर पाएगा। तुम उसे जाने के लिए लिख दो।'

हरिश्चन्द्र बोले, 'गर्मी की छुट्टी में गांव आता, आम-टाम खाता। होस्टल का खाना-पीना तो उतना अच्छा होता नहीं, यहां आकर घी-दूध, मांस-मछली खाकर थोड़ा स्वस्थ हो लेता···'

दुखहरन बोले, 'अरे तो क्या होस्टल में सुशीतल अकेला ही है? और भी तो लड़के हैं! वे जैसा खाते हैं, सुशीतल भी वैसा ही खाता होगा। अभी से कुछ सहने की आदत अच्छी रहेगी, समझे? तुम उसे लिख दो कि जबलपुर चला जाए।'

'तुम कहते हो?'

'हां, मैं कह रहा हूं।'

ग्रीष्मकाल आया। सुशीतल घर नहीं आया।

जबलपुर से उसकी चिट्ठी आई :

'पूजनीय पिताजी,

मैं आज ही जबलपुर पहुंचा हूं। बहुत ही सुन्दर जगह है। यहां के रास्ते खूब चौड़े-चौड़े हैं। आज हम लोग मार्बल-रावस देखने जाएंगे। रास्ते में ही रानी दुर्गावती का किला भी देखेंगे। यहां खाने-पीने की कोई असुविधा नहीं है। हम जिस होटल में ठहरे हैं, वहां का मैनेजर हमारा खूब आदर-सत्कार कर रहा है।'

उस दिन भी दुखहरन की बुलाहट हुई। दुखहरन ने चिट्ठी पढ़ी। बोले, 'देखा, मैंने तुमसे कहा था न, देश-विदेश घूमना अच्छा होता है। देखना, उसका भला ही होगा। उसका स्वास्थ्य भी बनेगा। भाग्य से ही तुमने उसे कलकत्ता भेजा है।'

हरिश बोले, 'मुझे सिर्फ यही डर है कि खराब लड़के-लड़कियों के संग न मिले। कलकत्ता शहर आजकल कितना खराब हो गया है, इसकी

खबर मुझे मिली है। तुम जानते हो, आजकल वहां बड़ी-बड़ी लड़कियां और लड़के साथ-साथ पढ़ते हैं ?'

'सच ? क्या कह रहे हो तुम ?'

हरिश कहते, 'हां भाई, और भी सुना है कि ये जवान लड़कियां ट्राम बसों में चढ़ती हैं। बीस-पच्चीस वर्ष की लड़कियां रात के ग्यारह-बारह बजे तक बाइस्कोप देखती-फिरती हैं, और वह भी अकेली।'

यह सब कुछ हरिश्चन्द्र पहले से ही जानते थे। तभी जब लड़का कलकत्ता पढ़ने जा रहा था, उन्होंने उससे वचन ले लिया था।

तभी उन्होंने लड़के से कहा था, 'मैं तुम्हें लिखने-पढ़ने के लिए कलकत्ता जरूर भेज रहा हूं, पर उससे पहले मुझे वचन दो कि मैं जो-जो कहूंगा, वह तुम मानोगे ?'

सुशीतल बोला था, 'हां, आप जो-जो कहेंगे, मैं वही मानकर चलूंगा।'

हरिश्चन्द्र बोले, 'पहली बात तो यह है कि कलकत्ता जाकर तुम कभी भी किसी लड़की से दोस्ती नहीं करोगे।'

सुशीतल बोला, 'मैं किसी लड़की से नहीं मिलूंगा।'

'पर तुम्हारे कालेज में तो लड़कियां भी पढ़ेंगी, उनके साथ बातचीत करना तो दूर, उनकी ओर तुम देखोगे तक नहीं।'

सुशीतल ने मान लिया था। बोला था, 'नहीं।'

'इसके बाद दूसरी बात यह है कि कलकत्ता में रेस होता है, वहां घोड़ों पर जुआ खेला जाता है; तुम कभी भी वहां नहीं जाओगे।'

सुशीतल बोला, 'वचन देता हूं, वहां कभी नहीं जाऊंगा। किन्तु क्लास की लड़कियां यदि लिखाई-पढ़ाई के बारे में कोई बात करना चाहें तब ?'

'तब भी तुम उनके साथ बात नहीं करोगे।'

'और यदि कोई लड़की मेरे ही पास बैठने लगे तो ?'

'तुम वहां से उठ जाओगे। वहां से उठकर ऐसे बेंच पर बैठना जहां कोई लड़की न बैठी हो। असल बात यह है कि तुम हर तरह लड़कियों से दूर रहोगे।'

सुशीतल ने पूछा था, 'और कुछ?'

'और है शराब। शराब छुओगे भी नहीं। याद रहेगा न? औरत, जुआ और शराब—यही तीनों मनुष्य के लिए सबसे बड़ा आप है।'

सुशीतल ने अपने पिता को वचन दिया था कि वह उनकी तीनों बातों को मानकर चलेगा।

हरिश्चन्द्र बोले थे, 'तुम्हारी भलाई के लिए यह सब कह रहा हूं। मेरी तीनों बातों को याद रखोगे तो खुश रहोगे। मैं अपने लिए नहीं कह रहा हूं, यह याद रखना।'

कलकत्ता आने के बाद अपने दोस्त-मित्रों के बीच रहते हुए भी सुशीतल अपने पिता की बातों को याद रखता। तन-मन से पालन करता। क्लास के लड़के सिगरेट पीते, सुशीतल से भी पीने को कहते।

बोलते, 'पी लो न, सिगरेट पीने में क्या दोष है?'

सुशीतल कहता, 'ना, मैं पिताजी को वचन दे आया हूं, कलकत्ता में रहकर मैं अपना चरित्र नहीं बिगाड़ूंगा।'

मित्र कहते, 'तो सिगरेट पीने से क्या चरित्र खराब होता है? तुमने तो सिर्फ तीन शपथ ली हैं—शराब नहीं पियोगे, जुआ नहीं खेलोगे और लड़कियों से दोस्ती नहीं करोगे। सिगरेट नहीं पियोगे, यह तो नहीं कहा है?'

सुशीतल कहता, 'हां, यह नहीं कहा है। पर जब मैंने प्रतिज्ञा की थी तब सिगरेट की बात भी उससे जुड़ी हुई थी।'

'कैसे?'

'शराब और सिगरेट, ये दोनों एक ही बात हैं। दोनों ही तो नशा हैं। शराब जब एक नशा है तो सिगरेट भी तो उसी तरह का नशा है। पिताजी से मैंने कहा था, शराब नहीं पिऊंगा, इसका मतलब है कि नशा नहीं करूंगा।'

सुशीतल की बातें सुनकर लड़के हंस पड़ते। कहते, 'लगता है, तुम कलकत्ता के युधिष्ठिर हो।'

सुशीतल कहता, 'आप लोग हंसे या मजाक उड़ाएं, मैं पिता को बात को नहीं ठुकरा सकता।'

लड़के कहते, 'कलकत्ता में रहकर तुम कितने दिनों तक अपनी प्रतिज्ञा पर रह पायोगे, यही देखना है। यह तुम्हारा करीमगंज नहीं है। यह कलकत्ता शहर है। यहां की हवा में ही मौज़ और आनन्द भरा हुआ है। सभी मौजमस्ती में ही मग्न हैं। नाच-गान, थियेटर-गाना, लड़कियां, रेस, फूटबाल, क्रिकेट से ही यह राजधानी है। इन सब चीजों को अगर नहीं जानोगे-समझोगे तो जीवन में कोई उन्नति नहीं कर पायोगे। और अगर संन्यासी बनकर जीवन बिताना चाहते हो तो इसी तरह गरीबी में मरना होगा। धन नहीं, ख्याति नहीं, अकेले-अकेले गरीबी से लड़ते-जूझते जीवन कटाना होगा। क्या यही चाहते हो?'

सुशीतल कहता, 'मैं यही चाहता हूं। मुझे रुपया नहीं चाहिए क्योंकि मेरे पिताजी के पास काफी रुपया है। मैं अकेला लड़का हूं, इतना रुपया लेकर मैं क्या करूंगा?'

'तब तो जीवन का भोग कर ही नहीं पायोगे। और अगर भोग ही नहीं करना चाहते तो कलकत्ता क्यों आए?'

'तो क्या आप लोग कलकत्ता सिर्फ इसलिए आए हैं कि जीवन का भोग कर सकें?'

'और क्या? भोग भी करेंगे और साथ ही साथ लिखना-पढ़ना भी चलता रहेगा। आप चाहे जहां भी पैदा हों, आप करने के लिए भी कलकत्ता ही आना पड़ेगा और पुण्य करने के लिए भी कलकत्ता ही आना पड़ेगा। कलकत्ता जैसा गंदा स्थान और कोई नहीं है और इसके जैसा सुन्दर स्थान भी और कोई नहीं है।'

सुशीतल कहता, 'मैं लिखने-पढ़ने के लिए यहां आया हूं। पढ़ाई समाप्त कर फिर करीमगंज लौट जाऊंगा।'।

'आई० एस-सी० पास करके क्या करोगे?'

'डाक्टरी पढ़ने की इच्छा है, अगर एडमिशन मिल गया।'

शुरुआत में इसी तरह की बातें होतीं। तब तक सभी एक-दूसरे से अच्छी तरह परिचित नहीं थे। बाद में जब 'आप' से 'तुम' पर ये आ

गए, तब घनिष्ठता भी और बढ़ी। क्लास के सभी लड़के दल बांधकर कोई भी नई फिल्म देखने जाते। मजे के लिए दो-चार दिन शराब भी पी लेते।

सुशीतल पूछता, 'तुम लोग यह जहर क्यों पीते हो?'

लड़के कहते, 'हम नशा कहां करते हैं? थोड़ी-सी बियर पी लेते हैं। कितनी गर्मी पड़ रही है, देखते ही हो।'

'पर शराब पीना क्या अच्छी बात है?'

'बियर शराब कहां है? इसमें तो सिर्फ फाइव परसेंट अलकोहल होता है।'

'पर यही पीते-पीते एक दिन व्हिस्की पीने की इच्छा होगी। पिता-जी ने बताया था, इसी तरह एक दिन आदमी को नशा हो जाता है, और फिर यह नशा नहीं छूटता।'

लड़के कहते, 'अरे पिता सब तो उस जमाने के आदमी हैं! उस समय के लोग इस तरह की बातें करते ही हैं। हम इस युग में पैदा हुए हैं। इस काल की फिलासफी ही अलग है। शराब अगर खराब चीज ही होती तो सरकार इसके लिए लाइसेंस क्यों देती?'

सुशीतल कहता, 'यह तो रेस के लिए भी है। सरकार के लाइसेंस देने से ही क्या यह अच्छी चीज हो गई?'

होस्टल के सभी लड़कों के बीच सुशीतल जैसे एक अपवाद था।

और इन्होंने ही एक बार हल्ला मचाया कि वे जबलपुर घूमने जाएंगे।

सुशीतल से भी लड़कों ने पूछा, 'तुम चलोगे?'

सुशीतल बोला, 'मैं पिताजी को पत्र लिखता हूं, अगर उन्होंने आज्ञा दे दी तो चलूंगा, नहीं तो नहीं।'

उसने पिताजी को पत्र डाल दिया। हरिश्चन्द्र ने उत्तर में लिखा, 'जाओ, पर सावधान रहना। किसी तरह का असंयम न हो।'

पिताजी की चिट्ठी पाकर सुशीतल जबलपुर जाने के लिए तैयार हो

गया।

कालेज के दस लड़के एकसाथ जबलपुर जाएंगे। इस तरह का आनन्द जीवन में एक नया स्वाद ला देता है। कहां करीमगंज और कहां मध्यप्रदेश का जबलपुर। कल्पना करके ही सुशीतल आनंदित हो उठा। जबलपुर में एक सस्ते-से होटल में वे ठहरे थे। सुबह से ही उनका घूमना शुरू हो जाता और रात में थके-हारे आकर वे बेहोश-से पड़ जाते।

उनके चार-पांच दिनों का यह भ्रमण एक दिन समाप्त हो गया। उसके बाद कलकत्ता आकर फिर वही होस्टल। फिर वही पढ़ाई-लिखाई और फिर वही कालेज।

इस बीच उसने एक बार पिताजी को पत्र दिया, 'इस बार की छुट्टी में गांव नहीं आऊंगा। परीक्षा नजदीक है। दिन-रात पढ़ना होगा। आप जो आदेश देंगे, वही होगा।'

हरिश्चन्द्र ने उसी क्षण दुखहरन को पुकारा।

दुखहरन को उन्होंने सुशीतल की चिट्ठी दिखाई। बोले, 'यह चिट्ठी पढ़कर देखो, सुशीतल क्या लिख रहा है!'

दुखहरन ने चिट्ठी पढ़ी, फिर बोले, 'उसे तुम लिख दो हरिश, बेकार में यहां आकर समय नष्ट करने से क्या फायदा? कलकत्ता में होस्टल में रहकर अगर वह अपनी पढ़ाई अच्छी तरह कर सकता है तो वही करे। तुम यही लिख दो।'

हरिश्चन्द्र बोले, 'बहुत दिनों से सुशीतल को नहीं देखा। उसके लिए मन कैसा-कैसा हो रहा है। क्या खाता-पीता है, कुछ पता नहीं! किस तरह के मकान में रहता है, यह भी तो नहीं मालूम···'

'अगर इच्छा हो रही है तो चलो, एक बार उसे देख आएं।' दुखहरन बोले, 'अधिक दूर तो है नहीं। भोर की ट्रेन से जाकर रात की ट्रेन से लौट सकते हैं। चलोगे?'

हरिश्चन्द्र बोले, 'हां।'

'पर तुम अकेले ही जाओ हरिश। मैं गया तो मेरी ललिता को कौन देखेगा? और उसको लेकर तो जा नहीं सकता।'

'तो फिर जाने की जरूरत ही नहीं। मैं अकेला इतनी दूर नहीं जा

सकता। और फिर मेरे जाने से उसका समय भी नष्ट होगा। इससे अच्छा है, वह अकेला ही रहे, उसे परेशान करने से कोई लाभ नहीं।'

दुखहरन ने भी यही कहा। बोले, 'हां, झूठमूठ उसे परेशान करने से कोई लाभ नहीं। और फिर तुम्हारा लड़का इतना अच्छा है कि कोई खराब काम कर ही नहीं सकता।'

हरिश्चन्द्र बोले, 'और फिर वह तो प्रतिज्ञा करके गया है कि किसी लड़की से दोस्ती नहीं करेगा, शराब छुएगा भी नहीं और रेस के मैदान की ओर नजर भी नहीं डालेगा···'

'जब वह प्रतिज्ञा करके गया है तो इसे पूरा भी करेगा। तुम इस बारे में चिन्ता मत करो।'

'मैं चिन्ता नहीं कर रहा, हरिश्चन्द्र बोले, 'पर भय तो होता ही है। वह करीमगंज तो है नहीं, कलकत्ता शहर है, जिसको कहा जाता है नरक···'

इस तरह जब दोनों मित्र चर्चा में लगे होते, उधर उस नरक में रहते हुए भी सुशीतल अपने कमरे में बैठा, अपनी पढ़ाई में लगा रहता—जीवन में उन्नति करना होगा। अपने गांव का नाम उज्ज्वल करना होगा। पिता के नाम को रोशन करना होगा···

होस्टल का नौकर बार-बार आकर कह जाता, 'बाबू, खाना परोसा हुआ है।'

पर सुशीतल के कान में भी जैसे यह बात न पहुंचती। नौकर आकर दुबारा उसे बुलाता। तब तक दूसरे लड़के खा चुके होते। सुशीतल अकेला ही किसी तरह रसोई में जाकर कुछ खा-पी लेता।

उस दिन अचानक ही अपने मुंशी बेनीमाश्य को देखकर वह चकित हो उठा, 'मुंशी काका, आप? अचानक?'

बेनीमाधव बोला, 'आपको देखने आया था, छोटे बाबू। बड़े मालिक ने···'

सुशीतल बोला, 'क्यों? अस्वस्थ होने पर तो मैं खबर देता ही। तुम

झूठमूठ का कष्ट उठाने क्यों आए?'

'बड़े मालिक ने भेजा मुझे। बहुत दिनों से आपकी चिट्ठी उन्हें नहीं मिली। इसलिए मुझे भेजा है। बोले, जाओ बेनी, एक बार अपने छोटे बाबू को देख आओ, कैसे हैं?'

'पर मैं तो हर हफ्ते ही चिट्ठी देता हूं।'

'तो शायद डाक की गड़बड़ी में चिट्ठी नहीं पहुंची। दुखहरन बाबू भी आपके लिए बहुत चिन्तित हैं। उन्होंने भी मुझे भेजा...'

'अच्छा, तुम बैठो, मैं अभी एक चिट्ठी लिख देता हूं।' कहकर सुशीतल ने एक कागज लिया और पिता को चिट्ठी लिख दी।

बेनीमाधव बैठा रहा। चिट्ठी पूरी कर सुशीतल ने उसके हाथों में दे दी।

बोला, 'तुम यह चिट्ठी ले जाओ। पिताजी और दुखहरन काका को कह देना, मैं पूजा की छुट्टी में गांव आऊंगा।'

बेनीमाधव चिट्ठी लेकर चला गया।"

5

कांति बाबू कहानी सुना रहे थे। वकील आदमी, कहानी में राई रत्ती भी छूट न जाए, इतनी सावधानी।

खाने-पीने के बाद उनके ड्राइंगरूम में बैठा-बैठा मैं कहानी सुन रहा था।

कांति बाबू बोले, 'आज तो आप उसी डाक्टर बैनर्जी को देख पाए! पर यही डाक्टर एक दिन कितना सत्चरित्र था! शराब नहीं पीते थे, जुआ नहीं खेलते थे और आज उन्हींकी यह अवस्था। आपने सब कुछ देखा न?"

"पर इनकी यह हालत क्योंकर हुई?" पूछा मैंने।

कांति बाबू बोले, "और क्या, बस वही एक औरत।'

"औरत?"

"और क्या? एक औरत ने ही उनकी ज़िंदगी को इस तरह नष्ट कर डाला।"

"कौन है वह?"

कांति बाबू बोले, "अब वही कहानी तो आपको सुनाऊंगा। मनुष्य का जीवन बड़ा ही विचित्र होता है। आपको भला मैं क्या बताऊं! आपने तो अपने उपन्यासों में पता नहीं कितने सारे चरित्रों को गढ़ा है। असंख्य चरित्रों का मापने उपयोग किया है। कोई सती है तो कोई असती, कोई पंडित है तो कोई मूर्ख। और भी तो कितनी तरह की औरतों का चरित्र आपके उपन्यासों में भरा पड़ा है। मैं पढता हूं तो अवाक हो जाता हूं। आपने इतनी औरतों को जाना कैसे?"

"वह सब तो कल्पना से लिखा है मैंने–गढ़ा है।" मैं बोला, "उनमें एक भी सच नहीं है, सिर्फ कल्पना···दिमाग की उपज···"

"सब कल्पना है ?"

"हां, सब कल्पना है। दिमाग का रक्त निकालकर सब लिखना पड़ा है। इसी कारण अब रात में नींद भी नहीं आती। नींद के लिए मुझे स्लीपिंग पिल्स खानी पड़ती हैं।"

"आप नींद की गोली खाते हैं ?"

"हां, वह नशा हो गया है अब। बिना गोली खाए मुझे बिस्तर पर चैन ही नहीं पड़ता। हालांकि न लिखना भी अच्छा नहीं लगता। लगता है, जैसे मृत हो गया हूं। जिस दिन कुछ लिख नहीं पाता, उस दिन बिस्तर पर भी शांति नहीं मिलती। लगता है, दिन नष्ट हो गया···"

कांति बाबू आश्चर्य से मेरी बात सुन रहे थे।

बोले, "हम तो कुछ और ही सोच रहे थे। सोचते थे, आप बहुत ही आराम से हैं। पंखे के नीचे आराम से बैठे-बैठे लिखते रहते हैं और रुपये कमाते रहते हैं। हमारी तरह धूप हो या बरसात, आपको कोर्ट में जाकर जज-मजिस्ट्रेट के साथ चख-चख नहीं करनी पड़ती।"

मैं बोला, "इन बातों को छोड़िए, इन्हें हम फिर किसी दिन कर लेंगे। अभी तो आप यह बताइए कि वह औरत कौन है ?"

कांति बाबू बोले, "वह एक मलियाली औरत है—केरल की।"

"उसपर सुशीतल कैसे रीझ गया ?" मैंने पूछा, "सुशीतल कभी केरल गया था क्या ?"

"नहीं, वह लड़की ही कलकत्ता आई थी—डाक्टरी पढ़ने। उसके पिता आसाम में नौकरी कर रहे थे और लड़की कलकत्ता के एक होस्टल में रहती थी।"

"लड़की का नाम क्या है ?"

कांति बाबू बोले, "अलका नायर। इस अलका नायर ने ही एक दिन राहू की तरह सुशीतल को ग्रस लिया।"

"यह तो एक पूरी प्रेम-कहानी है !" मैं बोला।

"हां, इसे प्रेम-कहानी भी कह सकते हैं और प्रतिशोध की कहानी भी।"

"मतलब ?" मैंने आश्चर्य से पूछा।

कांति बाबू बोले, "इसका मतलब यह कि यह एक विचित्र प्रेम-कहानी है। इसमें प्रेम भी है और उसके साथ ही प्रतिशोध भी। पूरी कहानी सुनने के बाद ही आप समझ सकेंगे। मैंने अपनी जिन्दगी में असंख्य कहानी की पुस्तकें पढ़ी हैं, पर किसी भी पुस्तक में ऐसी कहानी मुझे नहीं मिली।"

"कैसी ?"

"तो फिर शुरू से ही सुनिए।"

"दोनों क्या एक ही कालेज में पढ़ते थे ?"

"ना।"

"तो फिर दोनों की मुलाकात कैसे हुई ?"

कांति बाबू बोले, "वह एक विचित्र घटना है। एक जोड़ी जूते ने दोनों की मुलाकात करवा दी।"

"एक जोड़ी जूते ?"

"हां। तब डाक्टर बैनर्जी ने यही बताया था मुझे। जूते की बात पर मैं भी तब चकित हुआ। जूते के कारण भी भला कोई प्रेम में पड़ता है !"

तो वह घटना इस तरह घटी थी।

जीवन में कितनी ही तरह की विचित्र-विचित्र घटनाएं हो जाती हैं। ये क्यों होती हैं या किसी-किसीके जीवन में ही क्यों होती हैं, इसकी व्याख्या करने की शक्ति शायद किसी में नहीं है।

एक सामान्य-सी घटना सुशीतल बैनर्जी के जीवन में असामान्य हो उठेगी एवं एक दिन उसके पूरे जीवन को उलट-पुलटकर रख देगी, यह बात क्या खुद सुशीतल जानता था ?

कालेज का ही शायद फंक्शन था। छात्र-यूनियन के माध्यम से होस्टल के लड़कों ने ही रंगारंग कार्यक्रम का प्रोग्राम बनाया था। कुछ कम-प्रसिद्ध लोग गीत गाएंगे और छात्र सुनेंगे, अर्थात् कम खर्च में कुछ आनन्द का भोग।

शुरू में सुशीतल की इच्छा नहीं थी जाने की। बेकार में समय नष्ट करना उसे कभी अच्छा नहीं लगा। "पिता को अगर पता चल गया कि मैं लिखना-पढ़ना छोड़कर सिनेमा देखता हूं या गाना सुनता हूं तो वे क्रोधित होंगे।"

बसंत कहता, "तो क्या सारा समय पढ़ना-लिखना अच्छा लगता है? आदमी के लिए कुछ देर आराम भी तो जरूरी है।"

सुशीतल कहता, "आराम तो करता ही हूं। जब पढ़ना अच्छा नहीं लगता तो छत पर जाकर कुछ देर टहल लेता हूं। उसके बाद फिर पढ़ने बैठता हूं।"

"कल अपने होस्टल के फंक्शन में तो जाओगे न?"

"नहीं भाई, मैं नहीं जा पाऊंगा।" सुशीतल का जवाब था।

"पर तुमने तो एक रुपया चंदा दिया है!"

"चंदा दिया है क्या इसलिए जाना ही होगा?"

और अन्त तक निश्चित नहीं था कि सुशीतल जाएगा या नहीं। इसलिए बसंत पहले ही चला गया था। पूरा होस्टल ही एकदम खाली हो गया था।

सुशीतल अकेला ही अपने घर में बैठा था। मकान में चारों तरफ चुप्पी थी। उसने अपने को बहुत ही एकाकी महसूस किया। अन्य दिनों में कुछ लड़के तो रहते ही हैं! अपने कमरे में बैठे-बैठे भी वह उनकी आवाज सुनता रहता है। उस दिन कोई भी न था, न कोई आवाज ही थी। सोचा, जाने में हर्ज ही क्या है? बसंत जाते वक्त उसे पुकार गया था, पर पढ़ाई में लगे होने के कारण उसने अस्वीकार कर दिया था। हालांकि वह जगह होस्टल से ज्यादा दूर नहीं है। किताब रखकर वह बिस्तर पर लेट गया। फिर भी मन न माना। कमरे में मन लगा ही नहीं। कलकत्ता नगरी में चारों तरफ कितने ही आनन्द के स्रोत फूटे पड़े हैं और वह अकेला अपने कमरे में बन्द पड़ा है। जंगले के बाहर एक चौड़ा रास्ता है। वहां से बहुत-सी गाड़ियां आ-जा रही हैं। लोग पैदल चल रहे हैं। लोगों के पास कितना काम है। सभी व्यस्त हैं। सिर्फ उसीके पास कोई काम नहीं है। वह अकेला है।

वह बिस्तर छोड़कर उठ खड़ा हुआ। जल्दी से उसने पैंट और शर्ट बदल लिया। पैरों में जूते डालकर वह बाहर निकल आया। दरवाजा पर ताला लगाया और फिर सीढ़ी से नीचे उतर आया।

मेन गेट पर दरबान पहरा देता है। किसी भी अपरिचित व्यक्ति को वह अन्दर नहीं जाने देता।

वह दरबान के पास से निकलकर रास्ते पर आ गया।

वह रास्ते पर इसलिए ही नहीं आया था कि जाकर गाना सुनेगा। पर वह जाएगा ही कहां? कालेज और होस्टल के सिवा और कहीं भी तो कोई जगह नहीं है जहां वह जा सके। क्लास के लड़कों के सिवा और किसीसे उसकी जान-पहचान भी नहीं है।

चलते-चलते वह कब ठीक जगह पर पहुंच गया था, उसे पता न चला। बाहर एक दरवाजा था। वहीं से दोतल्ले पर जाने की एक सीढ़ी थी। सीढ़ी से वह ऊपर जाने लगा। दोतल्ले पर बने हॉल में से गाने की आवाज आ रही है।

दोतल्ले पर आते ही सामने एक आदमी खड़ा है, "बाबू, जूते यहां खोल दीजिए।"

सुशीतल ने देखा, सामने ही जूतों को रखने के लिए एक तख्त अलमारी है जिसमें छोटे-छोटे खाने बने हुए हैं। सभी खानों में जूते पड़े हुए हैं। सुशीतल समझ गया कि यहां जूते उतारकर सभी भीतर गए हैं, अर्थात् जूते पहने-पहने भीतर जाना मना है।

उसने भी जूते उतार दिए। उस आदमी ने जूता उठाकर एक खाली खाने में रख दिया। इसके बाद एक नम्बर की चकती उसके हाथों में उसने पकड़ा दिया। वापस जाते वक्त इस चकती को लौटाने पर ही वह अपने जूतों को वापस पा सकेगा।

सुशीतल उस चकती को जेब में रखते हुए भीतर की ओर बढ़ा।

उस वक्त मंच पर बैठा कोई गाना गा रहा था। उसके पास ही एक आदमी बैठा तबला बजा रहा था, और लडके मंत्रमुग्ध होकर मंच की ओर देखते हुए गाना सुन रहे थे। जैसे सुन नहीं रहे थे, शब्दों को निगल रहे थे।

हॉल के अन्दर एक सफेद धुली चादर बिछी थी। लड़के उसी पर भीड़ किए बैठे थे। चारों तरफ देखने-सुनने के बाद सुशीतल ने भी अपने लिए एक जगह बना ली। यह स्थान कोने में था। उधर हवा नहीं जा रही थी, शायद इसी कारण खाली पड़ा था। सुशीतल वहीं जाकर बैठ गया।

गाना तब भी चल रहा था। गायक क्या गा रहा है, उस तरफ उसका ध्यान नहीं था। वह पढ़ाई-लिखाई बंद करके गाना सुनने में समय नष्ट कर रहा है, यही चिता उसके मन में बार-बार उठ रही थी।

गाना उसे अच्छा भी नहीं लग रहा था। पर अन्य लड़के गायक और गाना दोनों की खूब प्रशंसा कर रहे हैं, यह उनकी नजरों से हो स्पष्ट था।

सुशीतल ने अपने पास में बैठे एक लड़के से पूछा, "यह गाना कब तक चलेगा?"

उस लड़के ने कहा, "आप देर से आए हैं। फंक्शन तो अब खत्म होनेवाला है।"

अपनी बात शेष करके वह लड़का फिर उसी तरह ध्यान से गाना सुनने लगा जिस तरह पहले सुन रहा था।

सुशीतल ने सोचा, यहां न आना ही ठीक रहता। होस्टल में रहता तो अब तक काफी पढ़ चुका होता। सौभाग्य से ही पिताजी यहां नहीं हैं। होते तो खूब बिगड़ते। वे इस तरह गाना सुनकर समय नष्ट करना पसंद नहीं करते।

करीमगंज में एक बार जात्रा हुआ था। कलकत्ता से जात्रा-दल आया था। कलकत्ता का बहुत ही नामी दल।

सुशीतल ने पूछा था, "जात्रा हो रहा है, जाऊं? चार आना टिकट है।"

"तुम जात्रा देखने जानोगे?"

हरिश्चन्द्र जैसे आकाश से गिरे थे।

बोले, "खबरदार, यह सब छोटे आदमियों का काम है।"

दुखहरन काका भी वहीं थे। बोले, "छिः छिः छिः ! यह सब क्या इस उम्र में देखने-सुनने की चीज है? कभी मतिराम के दल का जात्रा हमने देखा था। वह कितनी अच्छी चीज थी ! क्यों हरिश ? पर आजकल तो सुना है, जात्रा-दल में लड़कियां भी होती हैं।"

"राम-राम !"

पिता बोले थे, "राम-राम ! वह सब जो देखते-सुनते हैं, उन्हें देखने-सुनने दो। तुम आदमी बनोगे, बहुत बड़े आदमी बनोगे, यह सब देखना तुम्हारे लिए क्या उचित होगा ?"

उसके बाद दुखहरन की ओर देखकर बोले थे, "करीमगंज में तो यह सब नहीं होता था दुखहरन, यह जात्रा-दल कौन बुलवा रहा है ?"

दुखहरन काका बोले थे, "ये जो दुकान-समिति वाले हैं, ये ही बियाना करके बुलवा रहे हैं। हाथ में अब दो-चार रुपये पा गए हैं न, इसलिए इतना शौक जगा है।"

अंत में वह जात्रा सुशीतल नहीं देख पाया था। और सिर्फ उसी बार नहीं, वह कभी भी करीमगंज में जात्रा नहीं देख सका। जात्रा-दल में लड़कियां काम करती हैं, सिर्फ इतना ही नहीं, पिता के और भी कई अभियोग थे। वे शराब पीते हैं, जुआ खेलते हैं। वह सब देखकर लड़के-लड़कियों का चरित्र खराब हो जाता है, पिता की ऐसी ही धारणा थी। दुखहरन काका का भी ऐसा ही मत था।

आज यह गाना सुनने आकर सुशीतल को वह सब याद आ गया। यहां भी तो बहुत-सी लड़कियां गाना सुन रही हैं। सुशीतल ने उधर से अपनी नजर फेर ली। और उसके बाद औरों की तरह सामने की ओर देखते हुए वह भी चुपचाप बैठा रहा।

अचानक चारों तरफ तालियों की गड़गड़ाहट से जैसे सुशीतल की तंद्रा टूटी। इसके बाद सभी को खड़ा होते देख वह भी उठ खड़ा हुआ। समझ गया कि फंक्शन खत्म हो गया है।

बाहर निकलने के लिए सभी हड़बड़ी मचा रहे थे। सुशीतल भी

उनके पीछे-पीछे चलता रहा। सभी पहले निकलना चाह रहे थे। सुशीतल अन्त में भी जाए तो कोई बात नहीं। जब भीड़ कुछ कम हो गई तब वह बाहर निकला।

बाहर आकर नम्बर वाला चकती लौटाकर ही जूते लेगा और पहनेगा।

पर वहां भीड़ थी।

सभीके पीछे खड़ा हो गया सुशीतल। अपनी बारी आते हो उसने अपना नम्बर बढ़ा दिया। उस आदमी ने एक जोड़ा जूता लाकर उसके सामने रख दिया। पर जूते हाथ में लेते ही सुशीतल चौंक पड़ा। यह तो किसी लड़की का सैंडल है।

बोला, "ये तो मेरे नहीं हैं।"

आदमी बोला, "आपका नम्बर कहां है, देखूं।"

सुशीतल बोला, "नम्बर तो मैंने तुम्हें दे दिया था।"

सभी अपने-अपने जूते लेने में व्यस्त थे। किसीको भी जैसे देरी सहन नहीं हो रही थी।

सुशीतल बोला, "क्या हुआ ? मेरे जूते दो, मैं जाऊं।"

"आपका चप्पल तो मैंने दे दिया।"

"पर यह तो लड़कियों का सैंडल है। मेरा तो फीतेवाला शू है।"

वह आदमी बोला, "फिर कुछ देर रुकिए। लगता है, चकती में उलट-फेर हो गया है। आपको थोड़ा रुकना पड़ेगा।"

सुशीतल संडल हाथ में लिए खड़ा रहा। तब तक भीड़ कम हो गई थी।

एक लड़की के चकती बढ़ाते ही उस आदमी ने फीतावाला शू उठाकर उसे पकड़ा दिया।

लड़की बोली, "यह शू मेरा नहीं है, यह तो जेंट्स शू है—मेरा तो लेडीज सैंडल है।"

वह आदमी बोला, "रुकिए, एक बाबू लेडीज सैंडल लिए खड़े हैं।" कहकर उसने सुशीतल को पुकारा, "बाबूजी, यह रहा आपका जूता। अपने हाथ का सैंडल इनको दे दीजिए।"

अब तक सुशीतल सैंडल हाथ में लिए एक तरफ खड़ा था। चुपचाप अब आगे आया।

लड़की के पैरों के पास सैंडल रखता हुआ बोला, "यह लीजिए, शायद यही आपका है—नम्बर में गलती हो गई थी।"

लड़की बोली, "तो फिर आप मेरा सैंडल हाथ में लिए क्यों खड़े थे? छिः छिः!"

सुशीतल बोला, "इस आदमी ने मुझे दिया था।"

लड़की बोली, "इसने दिया इसलिए आपने ले भी लिया? छिः छिः, मुझे तो बहुत शर्म आ रही है।"

तब तक सुशीतल अपना जूता पा गया था।

बोला, "तो क्या हुआ? मैंने अपनी इच्छा से तो लिया नहीं था! इस आदमी की गलती है···"

लड़की बोली, "मेरे कारण आपको काफी देर हो गई! आपको घर पहुंचने में भी काफी देरी हो जाएगी?"

सुशीतल बोला, "मैं अपने घर पर नहीं रहता, देरी होने से भी मेरा कुछ नहीं बिगड़ता। मैं स्टूडेंट्स होस्टल में ही रहता हूं।"

लड़की बोली, "मैं भी होस्टल में ही रहती हूं। आपका कौन-सा इयर है?"

"बी॰ एस-सी॰ फाइनल।"

"अच्छा! मैं भी बी॰ एस-सी॰ फाइनल दूंगी।" फिर बोली, "अच्छा, नमस्कार।"

और फिर लड़की दौड़ती-सी सीढ़ियों से नीचे उतर गई। सशीतल कुछ देर तक और वहीं खड़ा रहा। अपने अन्दर उसने एक अद्‌भुत रोमांच-सा अनुभव किया। और फिर पिता की बात, कलकत्ता आने से पहले कही हुई पिता की बात, याद आ गई। पिता ने उससे शपथ ले ली थी कि वह किसी लड़की से बात नहीं करेगा, दोस्ती नहीं करेगा, न किसी तरह का संपर्क ही रखेगा।

पर उसने यह क्या किया?

6

हरिश्चन्द्र कदम व्यस्त हो उठे।

बेनीमाधव से बोले, "बेनी, जाकर दुखहरन से कहो, सुशीतल की चिट्ठी आई है।"

दुखहरन खबर पाते ही दौड़े आए। बोले, "क्यों? क्या चिट्ठी आई है?"

"यह लो, लड़के ने लिखा है कि वह आ रहा है।" कहते हुए उन्होंने दुखहरन को चिट्ठी पकड़ा दी।

दुखहरन ने एक निःश्वास में सारी चिट्ठी पढ़ डाली। फिर उसे हरिश्चन्द्र को लौटाकर बोले, "फिर बेनी को स्टेशन भेज दो हरिश। और खाने-पीने की क्या व्यवस्था है?"

बहुत दिनों बाद लड़का बी॰ एस-सी॰ की परीक्षा देकर घर लौट रहा है। उसके लिए अच्छे खाने-पीने की व्यवस्था तो करनी ही होगी।

बेनीमाधव उसे लाने गया। हरिश्चन्द्र ने कहा, "तुम सीधे प्लेटफार्म पर जाकर खड़ा होना। उसके बाद एक साइकल-रिक्शा करके उसे उसपर यहां ले आना। और आते वक्त एक सेर कांचागोल्ला भी ले आना।"

लड़का आखिर में घर पहुंचा। बगीचे के सामने मुख्य रास्ते पर दोनों मित्र जाकर खड़े रहे। बार-बार यही सोचते—इतनी देर क्यों हो रही है? ट्रेन लेट है न क्या? पांच मील तक आने में साइकल-रिक्शा को एक घण्टे से ज्यादा समय तो नहीं लगेगा।

दुखहरन बोले, 'हां, आजकल ट्रेन बहुत लेट हो जाती है हरिश! रेल के नियम, कानून आजकल कोई नहीं मानता। उस दिन अखबार में

लिखा था···”

दोनों ही दूर तक नजर गड़ाए खड़े थे। सामने ही झाड़ियों के पास से रास्ता एकदम सीधा निकल गया है। सामने से कोई भी गाड़ी, सवारी गुजरे, जरूर दिखती है।

अचानक लगा कि एक रिक्शा आ रहा है।

दुखहरन बोले, “वह देखो, वह रिक्शा आ रहा है।”

हरिश्चन्द्र नहीं देख सके। उनकी उम्र हुई है। नजर कुछ कमजोर हो गई है।

बोले, “कहां, मुझे तो कहीं नजर नहीं आ रहा!”

दुखहरन बोले, “हां-हां, मैं ठीक देख रहा हूं। एक रिक्शा आ रहा है।”

हां, रिक्शा ही है। तो सुशीतल आ गया।

इस बार हरिश्चन्द्र ने देख लिया। एक रिक्शा ही आ रहा है। झाड़ियों से कुछ दूर है। कुछ ही मिनट में पास आ जाएगा।

पर नहीं, रिक्शा जब पास आया, तब पता चला कि वह सुशीतल नहीं, विश्वंभर है—विश्वंभर दास।

विश्वभर दास महाजन है। गांव में किसानों को सूद पर रुपया देता है। महाजनी से कुछ पैसा हो गया है।

बीच रास्ते में दुखहरन और हरिश्चन्द्र को खड़ा देखकर वह चौंक पड़ा। पूछा, “क्या बात है दादा, रास्ते में क्यों खडे हैं?”

हरिश्चन्द्र बोले, “इसी ट्रेन से मेरे बेटे की आने की बात थी। वही देख रहा था। बेनी स्टेशन गया है।”

विश्वंभर बोला, “इसीलिए मुंशीजी को स्टेशन पर देखा था मैंने। मैं समझा कि शायद कस्बे में बाजार-टाजार करने आए हैं। पर आपके लड़के को तो मैंने कहीं नहीं देखा। इस ट्रेन से अगर वह आता तो मुझे जरूर दिखता।”

कहते हुए विश्वंभर दास अपने घर की ओर बढ़ गया।

हरिश्चन्द्र चिंतित हो उठे। तो क्या लड़का बीमार पड़ गया? आने की चिट्ठी देकर आया नहीं! ऐसी बात तो पहले कभी नहीं हुई।

दुखहरन बोले, "हो सकता है, उसकी गाड़ी छूट गई हो। दूसरी गाड़ी से आ जाएगा। तुम चिंता मत करो।"

तब भी हरिश्चन्द्र के मन में दुश्चिंता जग रही थी। लड़के के आने की खुशी में इतना सारा जोड़-तोड़ किया है उन्होंने। इतने पकवान बने हैं। अगर वह नहीं आया तो यह सब कौन खाएगा? तालाब से बड़ी मछली उन्होंने पकड़वाया था। उसके बाद खीर बनी है। सुशीतल को खीर बहुत पसंद है। और होटल में तो उसे कभी भर पेट मनपसंद खाना मिलता नहीं होगा।

"और यहां खड़े रहकर क्या फायदा? चलो, घर चलें।"

दुखहरन बोले, "किन्तु बेनीमाधव? बेनीमाधव तो अभी भी लौटकर नहीं आया। हो सकता है, वह दूसरी गाड़ी भी एक बार देखकर ही आए। सुबह नौ बजे के बाद ग्यारह बजे गाड़ी है। वह उससे भी तो आ सकता है।"

और सचमुच सुशीतल उसी तरह आया। वह दूसरी ट्रेन से उतरा। बेनीमाधव उसकी प्रतीक्षा कर रहा था। उसकी यह बुद्धिमानी काम आ गई।

हरिश्चन्द्र और दुखहरन तब भी उसकी प्रतीक्षा कर रहे थे।

सुशीतल घर में आते ही पिता के चरणों को स्पर्श कर एक तरफ खड़ा हो गया। और फिर उसने दुखहरन काका को भी उनका पैर छूकर प्रणाम किया।

पिता बोले, "तुम्हारा चेहरा इतना खराब क्यों हो गया है? क्या तुम्हारे होस्टल में खाने-पीने की अच्छी व्यवस्था नहीं है?"

सुशीतल बोला, "नहीं, खाने-पीने का तो कोई कष्ट नहीं है।"

"तो फिर इतने दुबले क्यों हो गए हो?"

"इन कई महीनों में देर रात तक जग-जगकर पढ़ाई करनी पड़ी है, हो सकता है इसी कारण···"

पिता बोले, "इतनी रात तक न पढ़कर, सुबह चार बजे से नहीं पढ़ सकते थे?"

"भोर में नींद नहीं टूटती।"

"तो फिर एक अलार्म घड़ी खरीद लो। दूध-वूध पीते हो?"

"होस्टल में दूध नहीं देते।" सुशीतल बोला।

"यदि दूध नहीं मिलता तो खुद जाकर ग्वाले से खरीद लिया करो। कहो तो कुछ रुपया और ज्यादा भेज दिया करूंगा।"

और ज्यादा कोई बात उस वक्त नहीं हो सकी। खा-पीकर लड़का कुछ देर आराम कर ले, उसके बाद फिर बातचीत होगी। अब तो एक महीने तक सुशीतल घर पर ही रहेगा। एक महीने के बाद उसका परीक्षा-फल निकलेगा। उसके बाद वह फिर कलकत्ता जाएगा।

शाम होते ही हरिश्चन्द्र ने सुशीतल को अपने पास बुलाया।

दुखहरन भी कुछ देर सोने के बाद फिर आ गए। तीनों में फिर बात-चीत शुरू हो गई।

हरिश्चन्द्र ने पूछा, "परीक्षा किस तरह दिए हो?"

सुशीतल ने कहा, "परीक्षा तो ठीक ही हुआ है।"

"बी॰ एस-सी॰ के बाद क्या करने की सोच रहे हो?"

"डाक्टरी पढ़ने की सोच रहा हूं।"

"इसमें कितने वर्ष लगेंगे?"

"और पांच वर्ष।"

दुखहरन बोले, "डाक्टरी ठीक है। इस लाइन में पैसा है। हमारे करीमगंज में तो एक भी डाक्टर नहीं है।"

"पर यह तो और भी कठिन पढ़ाई है।" पिता बोले, "पास करना और भी मुश्किल है। तुम भर्ती हो सकोगे?"

"कोशिश करूंगा।"

दुखहरन बोले, "जरूर। कोशिश से क्या नहीं हो सकता? डाक्टर बनकर अपने गांव में ही प्रैक्टिस करना। आजकल डाक्टर के लिए पांच मील दूर गंजबाजार जाना पड़ता है। तब ऐसा नहीं होगा। लोग अपने गांव में ही डाक्टर पा सकेंगे।"

पिता बोले, "और मैंने जो कहा था, वह सब तो तुम्हें याद है न? जुआ-वुआ तो दिमाग में नहीं घुसा?"

सुशीतल बोला, "जी हां, याद है। मैं रेस के मैदान में नहीं जाता।

रेस का मैदान कहां है, यह भी मुझे नहीं मालूम।"

"और लड़कियों से भी कोई संपर्क नहीं रखना। यह बहुत ही खराब चीज है। यह पता चलते ही कि तुम बड़े बाप के बेटे हो, कई लोग अपनी लड़कियों को तुम्हारे पीछे लगा देंगे। कलकत्ता में किसीका विश्वास नहीं है। लड़कियों को देखते ही दस हाथ दूर हो जाना। यदि कोई लड़की बलात् ही तुमसे बात करना चाहे तो तुम दूसरी तरफ मुंह घुमा लेना, समझे? किसी लड़की से बातचीत नहीं करते हो न?"

सुशीतल बोला, "मेरी क्लास में कई लड़कियां पढ़ती हैं।"

पिता जैसे आकाश से गिरे। बोले, "क्या? तुम्हारे साथ लड़कियां पढ़ती हैं?"

"हां। आजकल लड़के-लड़कियां साथ ही पढ़ते हैं।"

"छिः छि: ! यह तो अच्छी बात नहीं है। तुम किस बैंच पर बैठते हो-फर्स्ट पर?"

"ना।"

"क्या?" पिता बोले, "तुम तो पढ़ने में अच्छे लड़के हो, तुम्हें तो फर्स्ट बेंच पर ही बैठना चाहिए। तभी तो मास्टरों की नजर में रहोगे।"

"हमारे कालेज का नियम है कि फर्स्ट बेंच पर लड़कियां बैठती हैं।"

"तो क्या तुम सेकेंड बेंच पर बैठते हो?"

"नहीं। मैं थर्ड पर बैठता हूं।"

"क्यों? थर्ड पर क्यों बैठते हो? तुम कम से कम सेकेंड पर तो बैठते।"

सुशीतल बोला, "लड़कियां पीछे घूमकर सेकेंड बेंच के लड़कों से बातें करती हैं। मैं इसीलिए थर्ड पर बैठता हूं।"

पिता निश्चित हुए। बोले, "ठीक करते हो, ठीक करते हो। बहुत अच्छा। लड़कियों से एकदम बात मत करना।"

दुखहरन बोले, "बहुत अच्छा। तुम किसी लड़की से मत मिलना बेटे! तुम बड़े बाप के बेटे हो, यह जानते ही लड़कियां तुमसे दोस्ती करना चाहेंगी। तुम कभी ऐसा मत करना, समझे?"

सुशीतल बोला, "किन्तु एक दिन एक लड़की से बात की थी।"

"क्या ?"

पिता और दुखहरन दोनों ही चौंक पड़े।

बोले, "सर्वनाश! तुम्हें इतना समझाने पर भी तुम लड़कियों से मिले ?"

सुशीतल बोला, "मिला नहीं, सिर्फ बातचीत हुई थी।"

"पर बात ही क्यों की ? हमारे इतना मना करने पर भी तुमने यह काम क्यों किया ? ऐसी क्या जरूरत पड़ गई थी तुम्हें जो तुम उनसे बात करने गए ?"

सुशीतल बोला, "हमारे कालेज का वार्षिक जलसा था, गीत-संगीत का कार्यक्रम भी था। वहां भीतर जाने के लिए जूता बाहर ही उतार देना पड़ता था। वहां जूते रखने के लिए रेक बना है। रेक में खाने हैं और खाने के लिए नम्बरों की एक-एक चकती बनी हुई है। जूता रखकर वे लोग चकतीवाला नम्बर देते हैं···"

"फिर ? उसके बाद ?"

उसके बाद जब गीत-सगीत खत्म हुआ, तब बाहर आकर मैंने उस आदमी को अपना नम्बर दिखाया तो उसने मुझे एक जोड़ा लेडीज चप्पल पकड़ा दिया। मैं तो अवाक। समझ गया कि किसी लड़की के चप्पल से मेरा जूता बदल गया है।"

"सर्वनाश ! फिर ?"

"उसके बाद एक लड़की आई और उसने भी अपना नम्बर दिया, और उसे मिला मेरे जूतों का जोड़ा।"

पिता बोले, "उस आदमी को तो नौकरी से हटा देना चाहिए। उसने इस तरह की गलती क्यों की ? तुमने उसे कुछ कहा नहीं ?"

"मैं क्या कहता ?" सुशोतल बोला, "गलती तो किसीसे भी हो सकती है।"

"फिर भी क्या ऐसी गलती होगी ? अच्छा, फिर क्या हुआ ?"

"उसके बाद हम दोनों ने जूते बदल लिए।"

"तुम लोगों ने भी बातें की ?"

सुशीतल बोला, "पहले मैंने बात नहीं की। लड़की ही पहले मुझसे

बोली।"

"क्या बोली वह?"

"उसने पूछा, मैं किस इयर में हूं। मैंने उसे बता दिया।"

"और कोई बात नहीं हुई?"

"ना।"

पिता बोले, "जहां जाकर जूते बदल जाते हैं, वहां जाते ही क्यों हो? मैं तुम्हारे लिए इतना रुपया खर्च कर रहा हूं तो क्या इसलिए कि तुम वहां गाना-बजाना सुनो? तुम मन लगाकर अपनी पढ़ाई-लिखाई करो, किसीसे कोई मतलब मत रखो। चाहे वह लड़का हो या लड़की। जीवन में अड्डाबाजी के लिए बहुत समय पाओगे। अभी सिर्फ मन लगाकर पढ़ाई करते रहो। समझे?"

सुशीतल बोला, "हां।"

7

कांति बाबू फिर बोले, "उसके बाद छुट्टी समाप्त होते ही सुशीतल फिर कलकत्ता लौट गया। परीक्षाफल निकल गया था। सुशीतल निश्चिंत था।

उसने उसी दिन पिता को पत्र लिख दिया कि वह अच्छी तरह पास हो गया है—फर्स्ट रहा है। इसके बाद वह डाक्टरी पढ़ना चाहता है। डाक्टरी में भर्ती होने के लिए बहुत रुपया लगेगा। मैं क्या डाक्टरी में भर्ती हो जाऊं?

सुशीतल पिता की आज्ञा लिए बिना कोई काम नहीं करता था।

चिट्ठी मिलते ही हरिश्चन्द्र ने दुखहरन को बुला भेजा।

बोले, 'यह चिट्ठी पढ़कर देखो, लड़का क्या लिखता है।'

दुखहरन चिट्ठी पढ़कर बोले, 'बहुत अच्छा, बहुत ही अच्छा, तुम आज ही रुपया भेज दो।'

पिता बोले, 'हां, उसकी हमेशा से डाक्टरी पढ़ने की इच्छा रही है। मैं भला बाधा क्यों दूं? है न?'

'अवश्य।'

रुपया भेज दिया गया। सुशीतल डाक्टरी में भर्ती हो गया।"

कांति बाबू बोले, "आज तो आपने अपनी आंखों से देखा, उस डाक्टर बैनर्जी को। देखा तो किस तरह क्लब में बैठकर शराब पी रहा है! हालांकि एक दिन था कि पिता को बिना बताए वह कोई काम नहीं करता था।"

"पर उस सुशीतल बैनर्जी की यह हालत कैसे हुई?" पूछा मैंने।

"सुशीतल की पत्नी के कारण।"

"पत्नी? पत्नी के कारण? डाक्टर बैनर्जी की पत्नी है न क्या?"

कांति बाबू बोले, "हां; पर अभी वह कहानी नहीं सुनाऊंगा। पहले सुनिए डाक्टर मिस नायर की बात। डाक्टर बैनर्जी की जिंदगी में मिस नायर का प्रवेश एक बहुत बड़ी ट्रेजेडी है।"

"मिस नायर कौन?"

कांति बाबू बोले, "मिस नायर वही लड़की है, जिसके सैंडल से सुशीतल का जूता बदल गया था।"

आदमी अपने हिसाब से अपनी जिंदगी चलाने की चाहे कितनी ही कोशिश क्यों न करे, पर जीवन अपने ही ढंग से चलता है। जीवन का चालक जीवन खुद ही है। वह मनुष्य का बाधा-निषेध-उपदेश कुछ भी नहीं मानता।

ऐसी ही एक घटना उस दिन सुशीतल की जिंदगी में भी घट गई।

सुशीतल बस से कालेज जा रहा था। ठसाठस भरी बस। कोई किसी-का चेहरा तक नहीं देख पा रहा था। सभी अपने-अपने गंतव्य तक जल्द से जल्द पहुंचना चाहते हैं। कोई भी लेट नहीं होना चाहता। जैसे कुछ देर से अपने गंतव्य पर पहुंचने से कोई बड़ा सर्वनाश हो जाएगा।

सुशीतल बस में रॉड पकड़कर खड़ा था। अचानक बस के इंजन में पता नहीं क्या खराबी आ गई। ड्राइवर बोला, "बस और आगे नहीं, जाएगी।"

एक-दो यात्रियों ने कहा, "हमारे पैसे वापस दो।"

कंडक्टर बोला, "पैसा वापस देने का हमारा नियम नहीं है।"

लोग चुप हो गए। तर्क करने में समय और नष्ट होगा, इससे अच्छा है, चुपचाप सब कुछ मान लो।

एक यात्री ने कहा, "सब चोरों का दल जुटा है महाशय, चोरों का दल। सिर्फ पैसा हड़पने का तरीका।"

कहते-कहते यह महाशय दूसरी बस में चढ़ने की चेष्टा करने लगे। खराब बस किसी तरह गैरेज तक जाने के लिए दूसरी तरफ ही चल पड़ी।

अचानक किसीने सुशीतल से पूछा, "आप?"

सुशीतल ने मुड़कर देखा, एक युवती उसे ही देख रही थी—अपलक।

युवती बोली, "शायद मुझे पहचान नहीं पाए आप?"

सुशीतल बोला, "हां, ठीक पहचान नहीं पाया मैं आपको।"

"मैं मिस नायर हूं—अलका नायर।"

तब भी सुशीतल नहीं पहचान पाया।

बोला, "आपको कहां देखा था मैंने, बताइए तो?"

अलका नायर बोली, "आप तो बड़े ही भुलक्कड़ दीख रहे हैं। बी० एस-सी० में आपका रिजल्ट कैसा रहा?"

"आपने कैसे जाना कि मैं बी० एस-सी० में था?" सुशीतल ने पूछा, "क्या आप मेरे कालेज में थीं?"

अलका बोली, "नहीं, मैं आपके कालेज में नहीं थी। मैं लेडी ब्रेब्रोन की स्टूडेंट थी। अब मेडिकल में मैंने एडमिशन लिया है। यह मेरा फर्स्ट इयर है।"

सुशीतल बोला, "मैं भी तो डाक्टरी पढ़ रहा हूं।"

"किस कालेज में?"

"आर० जी० कर कालेज में। लेकिन आपने मुझे पहचाना कैसे?"

अलका बोली, "यह मैं क्यों बताऊं?"

सुशीतल बोला, "वाह, आप नहीं बताएंगी तो मैं पहचानूंगा कैसे?"

अलका ने इस बार बिना कोई उत्तर दिए ही कहा, "चलिए, इस बार एक डबल डेकर आ रही है, उसमें चढ़ें।"

सुशीतल ने देखा, दूर एक डबल डेकर आ रही है। देखते ही वह भी अलका के पीछे-पीछे चल पड़ा। और भी कई लोग उधर लपके। कलकत्तावासियों के लिए यह सब कुछ आदत बन चुका है। बस में चाहे जितनी ही भीड़ हो, लोग उसीमें घुस जाएंगे। पचास आदमियों की जगह में पांच सौ आदमी कैसे जगह बना लेते हैं, यह बिना देखे नहीं समझा जा

सकता। डबल डेकर के पाते ही एक पूरी भीड़ उसपर टूट पड़ी। बस के अगले-पिछले दरवाजे पर लोग झूल रहे हैं।

इस भीड़ के बीच ही अलका न जाने किस तरह भीड़ को ठेलती भीतर आ गई। उसने एक बार पीछे मुड़कर देखा और सुशीतल से बोली, "आप मेरे पीछे-पीछे चले आइए।"

और सुशीतल भी बिना किसी कष्ट के उसके पीछे-पीछे भीतर आ गया।

बाहर में जितनी भीड़ है, भीतर उतनी नहीं है। बाहर ज्यादातर लोग इसलिए नहीं झूलते कि भीतर जगह नहीं होती, बल्कि बाहर झूलकर बस-भाड़ा बचाया जा सकता है, यही सोचकर लोग झूलते रहते हैं। जो भीतर पहुंच जाते हैं, वे ही सही तौर पर बस-यात्री हैं। भीतर एक लेडीज सीट पर दो आदमी आराम से बैठे थे। लेडी देखते ही वे उठ खड़े हुए। मिस अलका नायर वहीं जाकर बैठ गई।

सुशीतल ऊपर का रॉड पकड़े खड़ा था।

अलका नायर बोली, "आप खड़े क्यों हैं? बैठ जाइए।"

सुशीतल बोला, "अगर कोई महिला आ गई तो मुझे भी उठना पड़ेगा।"

अलका बोली, "जब उठना होगा, तब न! तब तक तो आराम से बैठिए।"

इस बार सुशीतल और तर्क न कर, चुपचाप वहां बैठ गया। पर थोड़ा अपने को बचाते हुए, अलका नायर से कुछ दूरी बनाए रखकर।

अलका बोली, "इस तरह सिमटकर क्यों बैठ रहे हैं? अच्छी तरह आराम से बैठिए न!"

सुशीतल इस बार ठीक से बैठ गया। इस तरह बैठने पर, अलका नायर के साथ सटकर बैठना पड़ा। एकदम शरीर से शरीर सटाकर।

बस एकाएक स्टापेज पर रुकती, यात्री चढ़ते-उतरते और बस आगे बढ़ जाती।

अलका ने पूछा, "आप कहां तक जाएंगे?"

सुशीतल बोला, "एकदम श्यामबाजार के बाद बेलगछिया के पास,

कालेज के सामने। आप?"

मिस नायर बोली, "मैं श्यामबाजार के चौराहे पर उतर जाऊंगी। वहां मुझे एक काम है।" फिर कुछ रुककर बोली, "आप इस तरह किनारे क्यों बैठे हैं? ब्रेक मारते ही नीचे गिर पड़ेंगे।"

सुशीतल मिस नायर के बिलकुल पास सरककर बैठ गया।

बोला, "आपका क्लास कितने बजे है?"

मिस नायर बोली, "मैं कुछ पहले ही निकल पड़ी हूं। बारह बजे से पहल मेरा कोई क्लास नहीं है। और आपका?"

सुशीतल बोला, "ग्यारह बजे। बस के खराब हो जाने से मेरा बहुत नुकसान हो गया। लग रहा है, मैं ठीक समय से कालेज नहीं पहुंच पाऊंगा। कितनी देर कर दी बस ने।"

"आप मेडिकल कालेज में क्यों नहीं भर्ती हुए?"

"वहां एडमिशन नहीं हो सका। मेरे मार्क्स बहुत अच्छे नहीं थे। आप पढ़ाई-लिखाई में अच्छी हैं, फिर लड़की हैं, इसलिए कई तरह की सुविधाएं हैं।"

"मैं पढ़ने-लिखने में अच्छी हूं? किसने कहा? मेरे पास तो अभी सारी किताबें भी नहीं हैं।"।

सुशीतल बोला, "किताबें नहीं हैं? पर क्यों?"

"खरीद नहीं सकी। किताबों का कितना दाम बढ़ गया है! अपनी क्लास की एक लड़की से किताबें ले-लेकर मैं पढ़ती रही हूं।"

सुशीतल बोला, "मैं आपको किताबें दे सकता हैं।"

"आप क्या पढ़ेंगे?"

सुशीतल बोला, "मैं एक और खरीद लूंगा।"

मिस नायर चकित रह गई। बोली, "न तो आप मुझे जानते हैं, न पहचानते हैं, और मेरे लिए इतना कुछ करेंगे?"

सुशीतल बोला, "न हो तो आप पढ़कर मुझे लौटा दीजिएगा।"

"पर मैं आपको किताब ले लूं तो फिर आप तो यह पढ़ नहीं पाएंगे?"

"आप लौटाएंगी तो मैं पढ़ लूंगा।"

"कहां लौटाऊंगी ? मैं आपका पता तो जानती नहीं।"

सुशीतल बोला, "मैं अपना पता दे सकता हूं। पर आप क्यों कष्ट करेंगी, मैं ही आपके पास से किसी दिन ले लूंगा। आप कहां रहती है ?"

"मैं भवानीपुर में एक लेडीज होस्टल में हूं।"

सुशीतल ने पूछा, "मुझे क्या वहां जाने देंगे ?"

मिस नायर बोली, "वहां एक विजिटर्स रूम है। पुरुष आते हैं तो वहीं बैठकर लड़कियों से बात करते हैं। आप भी वहीं बैठेंगे।"

सुशीतल अचानक ही बोला, "अरे श्यामबाजार आ गया। आप तो यहीं उतरेंगी न ?"

मिस नायर उठकर खड़ी होती हुई बोली, "आप भी यहीं उतरिए न।"

"मैं तो बेलगछिया कालेज के सामने उतरूंगा।"

"कुछ आगे उतर जाइए। आइए, आइए, मैं आपको ज्यादा देर तक नहीं रोकूंगी।"

सुशीतल के मन में भी एक लोभ जागा। बोला, "ठीक है, चलिए, पर मेरे पास ज्यादा समय नहीं है। ज्यादा देर तक मुझे रोकेंगी नहीं न ?"

कोई उत्तर देने से पहले ही मिस नायर बस से नीचे उतर पड़ी। दरवाजे पर अब भीड़ कुछ कम हो गई थी।

सुशीतल चलती बस से उतर पड़ा।

बोला, "किधर जाएंगी आप ?"

मिस नायर बोली, "आप मेरे साथ आइए न। डरने की कोई बात नहीं, मैं आपको खा नहीं जाऊंगी। आपको साथ लाने का एक कारण है।"

"क्या ?"

"बताती हूं।"

कहकर मिस नायर एक साड़ी की दुकान में घुस गई। पीछे देखती हुई सुशीतल से बोली, "आइए न !"

साड़ी की दुकान में उसे घुसते देख, सुशीतल अवाक रह गया। बोला, "साड़ी खरीदेंगी न क्या?"

"हां। आप साड़ी पसंद कर दें, इसलिए आपको लाई हूं। अब समझे न?"

दुकानदार सामने खरीदार पाकर खुश हुआ। बोला, "क्या लेंगी?"

"एक अच्छी-सी साड़ी दिखाइए तो।"

सुशीतल चकित था। कालेज छोड़कर लड़की साड़ी खरीद रही है।

दुकानदार कई साड़ी निकालकर दिखा रहा था।

"दाम क्या है?"

कोई पच्चीस की, कोई चालीस की और कोई सत्तर की।

मिस नायर सुशीतल को देखती हुई बोली, "देखिए तो आपको कौन-सी पसंद है?"

सुशीतल बोला, "मैं साड़ी के बारे में क्या जानता हूं?"

"फिर भी, जो आपको अच्छी लगे, बताइए न।"

"मुझसे साड़ी पसंद करवाना और एक अंधे से साड़ी पसन्द करवाना एक ही बात है।"

"तब तो आपका समय नष्ट कर दिया मैंने। मैं समझी थी कि आप साड़ी पसंद कर सकते हैं।"

सुशीतल बोला, "आप आगे बतातीं, तो मैं पहले ही कह देता कि मैं साड़ी-वाड़ी नहीं पहचानता।"

मिस नायर बोली, "फिर भी बताइए न, आपको जो जंचे···"

सुशीतल ने एक गाढ़े नीले रंग की साड़ी दिखाते हुए कहा, "आप यह ले सकती हैं। यह डीप रंग आपपर अच्छा लगेगा। गोरी लड़कियों पर डीप रंग ही अच्छा लगता है।"

दुकानदार भी बोला, "हां, बाबू ठीक कह रहे हैं, यह आप पर अच्छा लगेगा।"

मिस नायर बोली, "अरे, मैं अपने लिए साड़ी नहीं ले रही हूं। एक शादी में मुझे भेंट देनी है। मेरी एक सहेली की शादी है, उसीमें···"

दुकानदार बोला, "तो यह आप पहले कहतीं। मैं आपको दूसरी

साड़ियां दिखाता हूं। वे देखने में भी अच्छी हैं और दाम भी कम है।" कहकर उसने साड़ियों का एक और बंडल निकाला।

इसमें कोई तीस की होगी, कोई पैतीस की और कोई अड़तीस की भी। सब चालीस रुपये से कम की थीं।

सुशीतल चुपचाप एक तरफ खड़ा था। वह और क्या कहता!

अन्त में उसने पूछा, "साड़ी ही खरीदनी थी तो आप कालेज स्ट्रीट क्यों नहीं उतरीं? वहां तो कई साड़ी की दुकानें हैं?"

मिस नायर बोली, "आपसे बात करते-करते मैं वह भूल गई थी।" फिर बोली, "नहीं, मुझे यहां पसन्द नहीं आ रही, चलिए कालेज स्ट्रीट ही चलते हैं।"

दुकानदार बोला, "मेरे पास और भी साड़ियां हैं, आप देखिए तो।"

मिस नायर बोली, "नहीं, मैं दूसरी दुकानों में भी देख लूं।"

दुकान से बाहर आकर मिस नायर बोली, "आपका कुछ समय नष्ट किया मैंने। बुरा तो नहीं लगा आपको?"

सुशीतल बोला, "नहीं, नहीं, आज मेरा ऐसा कोई खास क्लास नहीं था। नहीं करने से भी चलेगा।"

"तो फिर चलिए, कहीं बैठकर काफी पीते हैं।"

सुशीतल को पता नहीं क्या हुआ, बोला, "चलिए।"

पास के ही एक कॉफी हाउस में दोनों ने प्रवेश किया। घुसते ही मिस नायर ने दो कप कॉफी का आर्डर दे दिया। बेयरा आर्डर लेकर चला गया।

एक केबिन में आकर दोनों आमने-सामने बैठ गए।

सुशीतल बोला, "कॉफी का दाम मैं दूंगा। यह मैं पहले ही कहे देता हूं।"

मिस नायर बोली, "वाह रे, मैं आपको लेकर पाई और दाम आप देंगे?"

सुशीतल बोला, "हां, नहीं तो मैं कॉपी नहीं पिऊंगा।"

"अच्छा-अच्छा, आप ही दीजिएगा। बस। बाप रे, आप तो बहुत ही अभिमानी लगते हैं। इतना अभिमानी जानती तो मैं कॉफी पीने की बात

ही न करती।"

तब तक कॉफी आ गई।

सुशीतल बोला, "कुछ नमकीन नहीं लिया जाए?"

मिस नायर बोली, "पर इसमें आपका खर्च ज्यादा हो जाएगा।"

सुशोतल बोला "खर्च की बात मैं समझूंगा। आप खाएंगी या नहीं, यह बताइए।"

मिस नायर बोली, "क्यों? आप मेरे लिए इतना खर्च क्यों करेंगे?"

सुशीतल बोला, "मान लीजिए कि इससे मुझे थोड़ा आनंद मिलेगा। आपको कुछ खिलाकर अगर मुझे आनन्द मिलता है तो आप इसमें बाधा क्यों दे रही हैं?"

मिस नायर बोली, "मुझे पिलाकर आपको क्या आनन्द मिलेगा, यही तो मैं नहीं समझ पा रही हूं। आपसे मेरा संपर्क ही कितने दिनों का है? यह लेकर शायद दो दिन आपसे मिली हूं। आप तो अभी भी मुझे ठीक से नहीं पहचान सके हैं।"

सुशीतल बोला, "पर मैंने आपको दो दिनों में ही जान लिया है।"

"क्या जान लिया है?"

"दो वर्ष मिलने पर भी इससे ज्यादा कुछ नहीं जाना जा सकता।" सुशीतल बोला, "नहीं तो मेरा ही क्लास आप क्यों छुड़वातीं या खुद ही अपना क्लास क्यों छोड़तीं?"

मिस नायर बोली, "तब तो आप खाक आदमी पहचानते हैं।"

सुशीतल बोला, "यह आप कह सकती हैं। मैं इसे स्वीकार करता हूं। विशेषकर लड़कियों को तो मैं पहचानता ही नहीं, क्योंकि मेरी जिंदगी में आप पहली लड़की हैं जिससे मैं मिल रहा हूं।"

"सच कह रहे हैं? लग रहा है, मेरा अनुमान तब तो ठीक ही है।"

"हां। विश्वास कीजिए, गांव से चलते वक्त पिता ने मुझसे वचन ले लिया था कि मैं कभी भी लड़कियों के चक्कर में न पड़ू। कभी भी लड़कियों से न मिलूं।"

"और तब भी आप मेरे चक्कर में पड़ गए? सच तो, मैंने आपको

उतरने के लिए कहा और आप उतर गए!"

सुशीतल बोला, "मैं तो आपके चक्कर में पड़ा नहीं, बल्कि आप ही मेरे चक्कर में पड़ गई हैं।"

कहकर दोनों ठठाकर हंस पड़े।

हंसी रोककर सुशीतल बोला, "नहीं तो मैं ही आपकी बात पर बस से क्यों उतरता? मैं तो कह सकता था कि मैं अभी बस से नहीं उतरूंगा। मेरा क्लास है। पर मैंने कुछ कहा क्यों नहीं?"

"सच तो, आपसे मैंने कहा और आप उतर आए! क्यों भला?"

"और अगर मैं आपसे पूछूं कि आपने मुझसे उतरने को क्यों कहा, तो?"

मिस नायर बोली, "क्योंकि उस दिन आपका चेहरा देखते ही मैं समझ गई थी कि आप अपने मां-बाप के लाडले बेटे हैं। मां-बाप के लाडलों से खेलने में लड़कियों को कितना अच्छा लगता है, यह आप नहीं समझ सकते।"

"तो अब तक आप मुझसे खेल रही थीं?"

"आपकी इतनी उम्र हो गई पर आप यह नहीं जानते कि जो लड़के कभी लड़कियों से नहीं मिलते-जुलते, उन्हीं के प्रति लड़कियों का आकर्षण ज्यादा होता है?"

सुशीतल बोला, "आपने कैसे जाना कि मैं पहले किसी लड़की से नहीं मिला हूं?"

"आपकी आंखें देखकर।"

"आंखें?"

"हां, आपकी आंखें। उस दिन जब हमारे जूते-चप्पल बदल गए थे, तभी मैंने समझ लिया था कि मैंने आपका सर्वनाश कर दिया।"

"सर्वनाश? सर्वनाश क्यों?"

"क्या यह सर्वनाश नहीं है?" मिस नायर बोली, "अब आज की ही बात लीजिए। आज मेरे कारण आपकी पढ़ाई-लिखाई का नुकसान हुआ, मुझे यहां खिलाने-पिलाने में आपका कितना पैसा नष्ट हुआ, यह सर्वनाश नहीं तो और क्या है?"

सुशीतल बोला, "रुपया खर्च करने से मुझे कष्ट नहीं होता। मैं अपने पिता का एकलौता पुत्र हूं, और उनके पास काफी धन है। और रही लिखने-पढ़ने की बात, तो मैं भविष्य में इसके लिए बहुत समय पाऊंगा। पर उसके बदले आज जो मैं आपके साथ बैठकर यहां तक आया और इस केबिन में बैठकर बातचीत का सुख उठा रहा हूं, यह क्या कम है?"

मिस नायर बोली, "सचमुच ही मुझे लगता है, आपके भाग्य में बहुत दुःख है।"

"क्यों? यह क्यों कह रही हैं?"

"पिता को दिया हुआ वचन जो तोड़ेगा, उसके भाग्य में दुःख नहीं तो क्या सुख होगा?"

"पर पिता के प्रति जिस तरह का एक कर्तव्य है, उसी तरह का अपने प्रति भी तो एक कर्तव्य है। अब कौन-सा कर्तव्य बड़ा है, यह कौन बताएगा?"

"पर पिता के सामने इस तरह की प्रतिज्ञा ही आपने क्यों की?"

"नहीं तो पिता मझे कलकत्ता आने ही नहीं देते। और फिर पिता ने क्या लड़कियों से दोस्ती की ही सिर्फ प्रतिज्ञा करवाई है? और भी तो दो प्रतिज्ञाएं कर चुका हूं।"

"क्या-क्या?"

"प्रतिज्ञा किया है कि कलकत्ता जाकर जुआ नहीं खेलूंगा अर्थात् रेस नहीं खेलूंगा और शराब कभी छुऊंगा भी नहीं।"

मिस नायर बोलो, "एक प्रतिज्ञा तो आपने तोड़ दी, लेकिन शेष दोनों? क्या इन्हें भी तोड़ दिया है?"

"नहीं, शराब अभी तक मैंने नहीं छुआ, न रेस ही खेला है और सच तो यह है कि उस दिन फंक्शन में आकर अगर जूते न बदल जाते तो किसी लड़की से मुलाकात भी न होती।"

"तब तो शायद मैंने आपका बहुत नुकसान कर दिया है?"

"पर इस बार मैंने आपसे मुलाकात की बात पिता को बता दी है।" सुशीतल बोला।

"क्या बता आए हैं?"

"कहा है कि जूते बदल जाने के कारण एक लड़की से बातचीत करनी पड़ी है।"

"यह सुनकर उन्होंने क्या कहा?"

"बोले, मैंने खूब अन्याय किया है। भविष्य में फिर ऐसा न हो।"

"आज बस में मुझसे आपकी मुलाकात हुई, आपने मुझे कॉफी हाउस की केबिन में बिठाकर कॉफी पिलाई, क्या यह सब कुछ भी आप अपने पिता को बता देंगे?"

सुशीतल बोला, "यदि पूछेंगे तो बता दूंगा।"

"और न पूछने पर?"

"नहीं पूछने पर नहीं बताऊंगा। पिता की बात मैं नहीं टाल सकता। पिता के सामने मैं कभी झूठ नहीं बोल पाऊंगा।"

"अपने पिता को आप बहुत प्यार करते हैं?"

"पिता ही मेरे सब कुछ हैं। मेरी मां तो हैं नहीं···"

"और मेरे साथ ठीक उल्टी बात है। मेरी मां हैं, पिता नहीं। मैंने अपने पिता को देखा तक नहीं।"

सुशीतल बोला, "आप इतना अच्छा बंगला कैसे बोल लेती हैं? आपका जन्म तो केरल में हुआ होगा?"

मिस नायर बोली, "मेरा जन्म आसाम में हुआ था। मेरे पिता वहीं नौकरी करते थे। वहीं हमारा मकान है। मकान के किराये से जो आमदनी होती है, उससे हमारा खर्चा चल जाता है। मां आसाम में अकेली ही रहती हैं।"

"पर इतना अच्छा बंगला आपने कैसे सिखा, यह तो आपने बताया ही नहीं?"

"मेरी सारी सहेलियां बंगाली हैं। एक तरह से मैं भी तन-मन से बंगाली ही हो गई हूं।"

"मैंने जिस दिन पहली बार आपको देखा था, सोच भी नहीं पाया था कि आप केरल की लड़की हैं।"

मिस नायर बोली, "आज मैंने आपका काफी नुकसान किया।"

"कैसे?"

"आपके साथ बैठकर, बातें कर।"

"नहीं, बल्कि इसका उल्टा ही हुआ है। मैंने ही आपका क्लास छुड़वा दिया है।"

"किसने कहा?" मिस नायर बोली, "क्या आप सोच रहे हैं कि मुझे कुछ लाभ नहीं हुआ?"

"आपको क्या लाभ हुआ?"

"क्यों, लाभ नहीं हुआ? आपने मुझे कॉफी पिलाई, पोटैटो चिप्स खिलाया, काजू-बादाम खिलाया, यह क्या लाभ नहीं है? और फिर आपके साथ बैठकर इतनी देर तक गप्पबाजी हुई।"

"मुझसे बात करके किसीको लाभ हो सकता है, यह आज पहली बार मैंने जाना।"

"क्यों, आपका कोई मित्र नहीं है?"

सुशीतल बोला, "नहीं। बचपन से ही मैं अकेला हूं। मेरा कोई भाई नहीं, मां नहीं, बहन नहीं, मित्र नहीं। पिता ने हमेशा मुझे अपनी आंखों में रखा है। किसी लड़के से कभी मिलने नहीं दिया।"

"और लड़की? कालेज में तो आपको लड़कियों के साथ ही पढ़ना पड़ा, उनमें से किसीके साथ कभी दोस्ती नहीं हुई?"

"लड़की तो दूर की बात है, किसी लड़के से भी दोस्ती नहीं हुई। फर्स्ट बेंच पर कभी इसीलिए नहीं बैठा कि लड़कियों से बात न हो। पिता ने मुझे फर्स्ट बेंच पर बैठने के लिए कहा था।"

"तो क्या सेकेंड बेंच पर बैठे?"

"नहीं, वहां भी नहीं। सेकेंड बेंच पर बैठने पर और मुसीबत थी। फर्स्ट बेंच पर बैठी लड़कियां पीछे मुड़कर सेकेंड बेंच के लड़कों से बातें करती हैं। इसलिए मैं बराबर थर्ड बेंच पर बैठता था।"।

मिस नायर बोली, "तब तो लगता है कि सबसे पहले मैंने ही आपको चरित्रहीन बना दिया?"

सुशीतल बोला, "यह आप कह सकती हैं।"

कहकर ही वह हंस पड़ा। मिस नायर भी हो-हो कर हंस पड़ी।

सुशीतल अपनी हंसी रोककर बोला, "हंसते वक्त आप अधिक सुन्दर

लगती हैं।"

मिस नायर बोली, "मैं बचपन में बहुत हंसती थी, इसलिए मुझे 'हासी' के नाम से लोग पुकारते हैं।"

"अच्छा नाम है, अलका नायर।"

"अच्छा! आपको तो याद है। यदि आपके पिता को यह पता चल जाए कि डाक्टरी पढ़ने के नाम पर आप मेरी जैसी लड़की को कॉफी पिलाकर पैसा नष्ट कर रहे हैं, तब वे क्या कहेंगे?"

"वे मुझे फिर कलकत्ता नहीं आने देंगे; या फिर रुपया भेजना बन्द कर देंगे।"

"या फिर यह भी तो हो सकता है कि गांव की कोई लड़की खोजकर आपकी शादी कर दें?"

सुशीतल बोला, "पता नहीं। पर मेरे पिता को तो आप जानती नहीं। क्रोध में वे कुछ भी कर सकते हैं। पिता के लिए सब कुछ संभव है।"

"तो क्या शादी के लिए आप आपत्ति नहीं करेंगे?"

सुशीतल बोला, "मैंने कहा न, पिता जितना मुझे प्यार करते हैं, उनका गुस्सा भी उतना ही भयानक है। पिता की किसी बात का मैं विरोध नहीं कर सकता। मैं पिता की अकेली संतान हूं। एक लड़के के लिए जितनी अधिक सुविधाएं हैं, उतनी ही विपदाएं भी।"।

"तब तो मुझसे आपका मिलना-जुलना ही उचित नहीं है।"

सुशीतल बोला, "इसे क्या मिलना-जुलना कहते हैं? आपसे क्या मैं रोज-रोज इस तरह मिलूंगा? या रोज अपना क्लास छोड़ेगा? यह तो आज बस खराब हो गई, इसलिए—और फिर आपकी मां भी तो आपके मुझसे मिलने पर आपत्ति कर सकती हैं।"

"मेरी मां दूसरी तरह की हैं।"

"कैसी?"

"मैं किसीसे मिलती नहीं, मिलूं तब भी मां ध्यान नहीं देतीं। मां सिर्फ इस उम्मीद में हैं कि कब मैं डाक्टरी पास करके धन कमाऊंगी और मां का अभाव खत्म होगा।"

"आपकी मां क्या यह नहीं चाहती कि आप शादी कर लें?"

"क्यों नहीं चाहेंगी? पर इससे अधिक चाहती हैं कि मैं ज्यादा से ज्यादा पैसा कमाऊं। मुझे डाक्टरी पढ़ाने के लिए मां ने अपने सारे गहने बेच दिए हैं और मुझे पैसे भेज रही हैं।"

सुशीतल बोला, "आपकी मां हैं और मेरे पिता। हम दोनों का और कोई भी नहीं है।"

मिस नायर बोली, "आपकी मां आपके बचपन में ही मर गई?"

सुशीतल बोला, "मुझे मां याद नहीं।"

मिस नायर बोली, "मुझे अपने पिता याद नहीं।"

सुशीतल बोला, "आपके पिता सारे शहरों को छोड़कर केरल से आसाम क्यों गए?"

"नौकरी करने। फिर वहीं जमीन खरीदकर, मकान बनवाकर रह गए। केरल में हमारा और कोई नहीं है। कुछ भी नहीं है। हम लोग अब पूरी तरह यहीं के हो गए हैं।"

अचानक घड़ी पर नजर पड़ते ही सुशीतल बोला, "अरे, दो बज गए? आपसे बात करते-करते कितना समय बीत गया! आपका बहुत समय मैंने नष्ट कर दिया।"

"आपने कहां नष्ट किया? मैंने ही तो आपका क्लास छुड़ा दिया। पता नहीं, दुकानदार क्या सोच रहा होगा! शायद सोचता होगा, केबिन में बैठे-बैठे हम प्रेमालाप कर रहे हैं।"

सुशीतल बोला, "पर यह सचमुच प्रेम करने की ही जगह है। आप और एक कॉफी लेंगी? फिर ये लोग खुश हो जाएंगे।"।

मिस नायर बोली, "आप भी क्या आदमी हैं! दो कप कॉफी और दो प्लेट आलूचिप्स खाने के बाद क्या और कुछ लिया जा सकता है?"

"हां, खूब लिया जा सकता है। मैं आर्डर दे रहा हूं।" कहकर बेयरा को बुलाकर दो कप कॉफी और दो प्लेट आलूचिप्स का आर्डर सुशीतल ने दे दिया।

मिस नायर बोली, "मैंने सिर्फ आपका समय ही नष्ट नहीं किया, बल्कि आपका रुपया भी नष्ट किया।"

सुशीतल बोला, "तो क्या हुआ? मैं इतने रुपयों के नष्ट होने की

चिंता नहीं करता। मैं सिनेमा नहीं देखता, जुआ नहीं खेलता। सिगरेट नहीं पीता, दूसरे लड़के तो यह सब खर्च भी करते हैं। मेरा तो कुछ भी खर्च नहीं है।"

मिस नायर हंसते-हंसते बोली, "सिर्फ लड़कियों से मिलते हैं।"

"लड़कियां मत कहिए। सिर्फ आपके साथ आज जो थोड़ी-सी बातचीत की है, मेरे जीवन में यही प्रथम घटना है।"

"इससे पहले इस तरह किसी लड़की से नहीं मिले? मुझे तो विश्वास नहीं हो रहा।"

"वाह! मैंने पिता को वचन जो दिया है, आपको तो पहले ही बताया।"

"तो फिर अपने वचन को तोड़ा क्यों आपने?"

"मैंने क्या अपनी इच्छा से तोड़ा है? उस दिन उस आदमी ने जूते अगर न बदल दिए होते तो प्रतिज्ञा नहीं तोड़नी पड़ती। और फिर देखिए न, आज जिस बस में हम लोग चढ़े थे, उसी बस को क्या बीच रास्ते में बिगड़ जाना था?"

"पर यहां बैठकर यह कॉफी पीना?"

"इसके लिए तो आप ही दोषी हैं।"

"पर मेरे कहने पर ही आप तैयार क्यों हो गए?"

"मैं झूठ नहीं बोलूंगा।" सुशीतल बोला, "कहीं बैठकर आपसे बात करने की मेरी भी इच्छा हो गई थी।"

मिस नायर बोली, "बंगाली एक बात कहते हैं—लोभ में पाप है और पाप में मृत्यु—जानते हैं न? इसके लिए हो सकता है, एक दिन आपको पश्चात्ताप करना पड़े। तब आप मुझे ही दोष देंगे।"

"क्यों?"

"हो सकता है, आपके पिता को पता चले तो वे आपको रुपया भेजना बन्द कर दें।"

सुशीतल बोला, "पर पिता जानेंगे ही कैसे?"

मिस नायर बोली, "मैं ही उन्हें खबर दे सकती हूं। कह सकती हूं कि आपका लड़का क्लास छोड़कर लड़कियों के साथ समय नष्ट कर

रहा है।"

"आप ऐसा कर पाएंगी?"

"क्यों? क्यों नहीं कर पाऊंगी?"

"आप अगर कर सकतीं तो मेरे जैसे लड़के के साथ बैठकर इतनी देर तक बात न करतीं। मैं आदमी पहचानता हूं।"

"इन कुछ घंटों में ही आपने मुझे पहचान भी लिया? आपको तो अपने ऊपर बहुत घमंड है?"

सुशीतल बोला, "घमंड नहीं, विश्वास, आत्मविश्वास।"

"अपने आत्मविश्वास की इतनी बड़ाई न करें। कोई आदमी नहीं बता सकता कि कल उसके साथ क्या होगा।"

सुशीतल बोला, "मैं बता सकता हूं।"

"बताइए तो, कल आपके साथ क्या होगा?"

सुशीतल बोला, "कल तो रविवार है, आपका क्लास नहीं है, मेरा भी नहीं है। कल हम दोनों इसी कॉफी हाउस में इसी केबिन में बैठकर कॉफी पिएंगे और बातें करेंगे।"

"सच?"

"मैं कल ठीक बारह बजे, यहीं आकर आपकी प्रतीक्षा करूंगा। और आप भी ठीक यहां आएंगी।"

"किस भरोसे पर कह रहे हैं?"

सुशीतल बोला, "मैं आदमी का चेहरा देखकर भविष्य की बात बता सकता हूं।"

मिस नायर बोली, "अच्छा, ठीक है, देखती हूं–अब उठिए।"

दोनों उठ खड़े हुए। उसके बाद एक ही बस से दोनों अपने-अपने होस्टल की ओर लौट गए।

8

दूसरे दिन ठीक बारह बजे सुशीतल कॉफी हाउस के सामने खड़ा प्रतीक्षा कर रहा था।

एक-एक बस को सुशीतल ध्यान से देख रहा था। कौन उतर रहा है? एक के बाद एक बसें चली जा रही थीं, पर जिसकी प्रतीक्षा सुशीतल कर रहा था, उसका कहीं पता नहीं था। उसने सोचा, तो क्या मिस अलका नायर के बारे में उसकी धारणा गलत सिद्ध हुई? तो फिर क्यों मिस नायर साड़ी खरीदवाने के लिए उसको साथ ले गई थी? क्यों खींचकर कॉफी हाउस ले गई थी? और क्यों कालेज स्ट्रीट न उतरकर, बस में उसके साथ-साथ श्यामबाजार तक चली गई थी? और क्यों उससे बातें करने के लिए उसने अपना क्लास छोड़ दिया?

सुशोतल झूठमूठ ही सुबह ही सुबह खाना खाकर यहां आ गया।

बसंत जानता था, सुशीतल कालेज छोड़कर और कहीं नहीं जाता। वह सिनेमा नहीं देखता, सिगरेट नहीं पीता। उसे सिर्फ एक ही नशा है, सप्ताह में एक दिन अपने पिता को पत्र लिखने का। और फिर पिता ने क्या उत्तर दिया, यह देखना।

रविवार को होस्टल के बहुत-से लड़के सिनेमा देखने जाते हैं। बसंत ने उसे भी कई बार चलने को कहा है, पर सुशीतल इस समय को व्यर्थ नष्ट न कर, किताब लेकर बैठ जाता। सिनेमा के लिए ज्यादा तंग करने पर कहता, "ना भाई, मेरे पिता ने यह सब देखने के लिए मना किया है।"

बसंत कहता, "अरे, तेरे पिता तो कलकत्ता में देखने नहीं आते कि तू सिनेमा देख रहा है, न पढ़ाई-लिखाई कर रहा है।"

"भले ही वे न देखें, पर मेरा विवेक तो मुझे बिंधता रहेगा।" सुशीतल का उत्तर होता।

बसंत कहता, "तुमने तो प्रतिज्ञा की है कि शराब नहीं पियोगे, रेस नहीं खेलोगे, न लड़कियों से दोस्ती करोगे, पर सिनेमा के लिए तो कोई प्रतिज्ञा नहीं की है ?"

सुशीतल कहता, "हां, वह नहीं किया है, पर सिनेमा देखना और लड़कियों से दोस्ती करना एक ही समान है। इससे भी तो चरित्र बिगड़ता है।"

वही बसंत उस दिन सुशीतल को जल्दी बाहर जाते देखकर अवाक् हो उठा था। पूछा, "आज तो रविवार है, आज कहां जा रहे हो ?"

सुशीतल बोला, "एक काम है।"

"काम ? रविवार को तुम्हें क्या काम है ? तू तो किसी रविवार को बाहर नहीं जाता ?"

"किसी रविवार को नहीं जाता, पर आज जाना है।"

"सिनेमा ?"

"नहीं, मैं सिनेमा नहीं देखता।"

इसके बाद और कोई बात नहीं हुई। रविवार होने के कारण कई कमरों में ताश खेलने के लिए लड़कों की भीड़ जमी हुई थी। बसंत को भी ताश खेलने का नशा था।

होस्टल का रसोइया रविवार को कुछ देर से ही खाना बनाता था। लड़के उस दिन देर से सोकर उठते हैं, इसलिए देर से ही खाते हैं। कई दोपहर को भी सोते हैं। किन्तु सुशीतल ने पहले ही रसोइया से कह दिया था, वह साढ़े दस बजे ही खाएगा। उसके लिए जल्दी ही वह खाना बना दे।

उस दिन सुशीतल ने अपना नया पैंट-शर्ट सूटकेस से निकाला। शीशे के सामने बैठकर अच्छी तरह उसने दाढ़ी बनाई। इसके बाद कई बार अपने चेहरे को देख लेने के बाद वह बाहर निकला।

रास्ते में चलते-चलते सुशीतल को लगा कि जैसे समय जेट-प्लेन की तरह उड़ा जा रहा है। और कुछ देर होने से ही जैसे सर्वनाश हो जाएगा।

ट्राम रास्ते पर एक डबल-डेकर बस एकदम छूटने-छूटने को ही थी। सुशीतल आकाश-पाताल एक करता हुआ बस के पीछे दौड़ा। और किसी तरह उसने जी-जान की कोशिश करके बस पकड़ ली।

बस में आकर भी सुशीतल हांफता रहा। छाती अभी भी धक-धक कर रही थी। थोड़ी-सी गलती होते ही उसका पैर फिसल जाता और वह अगले चक्कों के नीचे दबकर पिस जाता। बस में एक भी सीट खाली नहीं थी।

उसने लेडीज सीटों की ओर एक बार देखा। सोचा कि शायद अलका नायर भी इसी बस से जा रही है। पर नहीं, ये दूसरी लड़कियां थीं। रविवार के दिन भी बस में इतनी भीड़ होती है, यह सोचा भी नहीं जा सकता। छुट्टी के दिन इतने सारे लोग कहां किस काम से जाते हैं, यह सोचने की बात है। कोई सीट खाली नहीं। उसीकी तरह अनेक लोग बस का राड पकड़े झूलते-झूलते जा रहे हैं। कोई समझ नहीं पा रहा है कि उसका काम कितना जरूरी है। तुम लोग तो अड्डाबाजी या सैर-सपाटे के लिए जा रहे हो या फिर सिनेमा में लाइन लगाने के लिए। पर सिनेमा देखकर या अड्डा लगाकर तुम्हें भला क्या लाभ मिलता है?

नीचे बैठने की जगह नहीं थी, इसलिए सुशीतल दोतल्ले पर चढ़ गया। पर वहां भी वही एक ही अवस्था। एक तरह की ही भीड़।

लगता है, जैसे सचमुच कलकत्ता के लोग पागल हो गए हैं। क्यों भाई, आराम से दूसरी बस से भी तो पा सकते हो? मेरी तरह तो जरूरी काम तुममें से किसीका नहीं है। मैंने तो किसीको वचन दे रखा है कि बारह बजे से पहले श्यामबाजार के मोड़ पर कॉफी हाउस के सामने उसका इंतजार करूंगा। तुम तो यह सब नहीं करोगे? तुम लोग तो सिर्फ समय काटने के लिए बाहर निकले हो।

असल में होस्टल के रसोइया ने ही देरी कर दी। हालांकि उसने एक दिन पहले ही कह दिया था कि वह कल सुबह-सुबह ही निकलेगा।

बस जब श्यामबाजार मोड़ के पास आई, सुशीतल ने खिड़की से सिर निकालकर बाहर झांका, मिस नायर कॉफी हाउस के पास है या नहीं?

किन्तु नहीं, जगह एकदम खाली है। कोई नहीं है।

उसके बाद सुशीतल जल्दी-जल्दी नीचे उतर आया। वह बस रुकने से पहले ही कूदकर उतर जाना चाहता था।

पर कंडक्टर ने बाधा दिया।

उसने झपटकर सुशीतल का हाथ पकड़ लिया। बोला, "इतनी जल्दी क्यों मचा रहे हो? गिर जाओगे न? पहले बस को रुकने दो, फिर उतरना।"

सुशीतल की इच्छा हुई, एक जोरदार थप्पड़ वह कंडक्टर के गाल पर जमा दे। मुझे क्या किसी गांव-जंगल का आदमी समझ रखा है कि बस से उतरने में गिर जाऊंगा? और फिर तुम्हारा क्या? अगर मैं गिर ही गया तो तुम्हारा क्या नुकसान होगा? अगर पैर टूटेगा तो मेरा, मरूंगा तो मैं, तुम मेरे लिए इतना क्यों सोच रहे हो? जानते हो, मेरा कितना जरूरी काम है?

उतरने के बाद रास्ते में सुशीतल ने एक घड़ी में देखा, बारह बजने में पांच मिनट बाकी हैं।

तब कुछ शांति मिली उसे। नहीं, मिस नायर तब तक नहीं पहुंची थी।

लड़कियों में यही सबसे बड़ा दोष होता है। बाहर कहीं जाना हो तो सजने-संवरने में ही देर कर देंगी। कुछ आगे निकलने में दोष क्या है भाई? तुम्हें तो पता है, मैं, जिस तरह भी हो, बारह बजने से पहले ही पहुंच जाऊंगा।

उसके बाद जितनी बसें आईं, किसी में भी वह नहीं थी।

आश्चर्य। प्रायः साढ़े बारह बजने को चले हैं। अब भला वह कब आएगी?

जब पौने एक बजा, सुशीतल हताश हो उठा। अब वह नहीं आएगी। उसके साथ शायद उसने कुछ क्षणों का मजा ही लिया था। स्त्री जाति का शायद स्वभाव ही यही है। पुरुष को नचाने में उसे आनंद मिलता है।

नहीं, वह और खड़ा नहीं रहेगा। वह अपने होस्टल वापस लौट

जाएगा! सप्ताह में सिर्फ एक रविवार होता है। इस रविवार को होस्टल में बैठे-बैठे पढ़ाई करने से ज्यादा लाभ होता।

सुशीतल धीरे-धीरे दूसरी तरफ के फुटपाथ पर चला गया।

नहीं, वह और खड़ा नहीं रहेगा। झूठमूठ में ही उसका कितना समय नष्ट हो गया।

दूसरी तरफ से एक बस आ रही थी। उसीमें चढ़कर वह होस्टल लौट जाएगा, उसने तय कर लिया था।

पर अचानक ही उसे एक संदेह हुआ।

वह फिर रास्ता पार कर पहलेवाले फुटपाथ पर आया। आकर दुकान में घुस गया। कैश-काउंटर पर बैठे आदमी के पास जाकर वह खड़ा हो गया।

पूछा उसने, "अच्छा, आप क्या बता सकते हैं कि किसी केबिन में कोई महिला अकेली बैठी हैं या नहीं?"

वह आदमी बोला, "हां, वे तो करीब एक घंटे से बारह नम्बर में बैठी हैं। उन्होंने मुझसे कहा था कि अगर उन्हें कोई खोजे तो मैं बारह नम्बर केबिन में भेज दूं।"

"सच? पर आपने मुझे पहले तो बताया ही नहीं?"

"मैं आपको बताता कैसे महाशय, आपने मुझसे पहले यह पूछा था क्या?"

उस आदमी से तर्क करके समय नष्ट करने में कोई फायदा नहीं। सुशीतल और प्रतीक्षा न करके सीधे बारह नम्बर की केबिन का पर्दा उठाकर भीतर घुस गया। देखा, मिस नायर अकेली बैठी कॉफी पी रही थी।

मिस नायर बोली, "क्यों, इतनी देर कैसे हो गई तुम्हें? मैं एक घंटे से बैठी हूं।"

सुशीतल बोला, "और मैं उधर एक घंटा से फुटपाथ पर खड़ा-खड़ा तुम्हारी प्रतीक्षा कर रहा हूं और चकोर की तरह बसों को देख रहा हूं।"

मिस नायर बोली, "तुम क्या पागल हो? तुम फुटपाथ पर खड़े

होने क्यों गए?"

सुशीतल बोला, "तो मैं कैसे समझता कि तुम केबिन में बैठी हो?"

मिस नायर बोली, "केबिन में नहीं बैठूंगी तो क्या फुटपाथ पर खड़ी रहूंगी? अकेली लड़की को फुटपाथ पर खड़ी देखकर लोग क्या सोचेंगे? तुम्हारे पास क्या बुद्धि नाम की कोई चीज नहीं है? तुमने सोचा कैसे?"

सुशीतल के लिए तब तक एक कप कॉफी आ गई थी।

बोला, "तुम कब से आई हो?"

मिस नायर बोली, "मैं साढ़े ग्यारह बजे यहां पहुंच गई थी। तब से सिर्फ यही सोच रही हूं कि तुम अब आए, अब आए।"

सुशीतल बोला, "और मैं सुबह से यहां आने की तैयारी कर रहा थे। कल मैंने होस्टल के रसोइया को कह दिया था, आज मुझे जल्दी खाना दे देना, पर उसीने देरी कर दी। बारह बजने में पांच मिनट बाकी था, जब मैं यहां पहुंचा हूं। सोच रहा था, तुम लड़की हो, ठीक समय से नहीं पहुंच पाओगी। लड़कियों को तो हमेशा ही सजने-संवरने में समय लगता है।"

मैं क्या सज-संवरकर आई हूं? मुझे देखकर क्या तुम्हें ऐसा लगता है? बल्कि तुमने ही आज कुछ साज-संवार की है।"।

सुशीतल बोला, "मैंने कहां साज-संवार की है! सिर्फ नई शर्ट-पेंट पहनी है और अच्छी तरह दाढ़ी बनाई है···"

मिस नायर बोली, "और मुझे देखो, मैं कल जो साड़ी पहनी थी, वही पहनकर आज भी आई हैं। हम गरीब आदमी हैं। मां भला कहां से इतना रुपया भेजेगी कि मैं रोज-रोज साड़ी बदलूं?"

सुशीतल बोला, "मैं इस बार तुम्हें एक साड़ी दूंगा।"

"मुझको? क्यों? मुझको साड़ी क्यों दोगे?"

सुशीतल बोला, "मेरी इच्छा। आदमी, आदमी को उपहार नहीं देता?"

मिस नायर बोली, "आदमी अपने प्रिय आदमी को उपहार देता है। पर मैं तुम्हारी कौन हूं?"

सुशीतल बोला, "मैंने कहा न, मेरी इच्छा।"

मिस नायर बोली, "पर यह इच्छा हुई ही क्यों? पृथ्वी पर क्या और कोई लड़की नहीं है कि तुम मुझे ही साड़ी दोगे?"

सुशीतल बोला, "पृथ्वी पर लड़कियों की कमी नहीं है, यह मुझे पता है, पर क्या सभी लड़कियां एक समान होती हैं?"

"तुम कितनी लड़कियों से मिले हो भला?"

सुशीतल बोला, "तुमको छोड़कर मैं एक भी लड़की से नहीं मिला।"

"फिर तुलना किस तरह कर रहे हो?"

"तुलना तो नहीं कर रहा हूं। मैं चेहरा देखकर ही पहचान जाता हूं। दोस्ती करने लायक एक भी लड़की नहीं मिली। इसके अलावा, किसी लड़की से मिलने की मेरी कभी इच्छा भी नहीं हुई।"

मिस नायर बोली, "फिर मुझे देखकर ही यह इच्छा क्यों हो गई?"

सुशीतल बोला, "रवीन्द्रनाथ की एक कविता है, पढी हो?"

"कौन-सी कविता?"

सुशीतल बोला, "प्रेम का जाल संसार में फैला है, इसमें कौन कब जकड़ जाएगा, कोई नहीं जानता—प्रेमेर फांद पाता भुवने, कोथा के धरा पड़े, के जाने?"

मिस नायर बोली, "तो क्या तुम मेरे प्रेम में पड़ गए हो?"

सुशीतल बोला, "प्रेम किसे कहते हैं, अगर यह मुझे पता चल जाए तो बता सकता हूं कि तुम्हारे प्रेम में पड़ा हूं या नहीं। पर एक बात कहूं?"

"कहो न।"

"तुम बुरा तो नहीं मानोगी?"

"मैं क्यों बुरा मानूंगी? मुझे क्या गरज पड़ी है? मैं तो तुम्हारे प्रेम में नहीं पड़ी हूं।"

सुशीतल गंभीर हो गया। बोला, "तब नहीं कहूंगा।"

"अरे! भले ही मैं तुम्हारे प्रेम में न पड़ूं, पर तुम्हारे मन में क्या बात है, बताने में क्या दोष है?"

सुशीतल बोला, "सारी बातें क्या सभीसे कही जाती हैं?"

मिस नायर बोली, "अच्छा, मान लो, मैं तुम्हारे प्रेम में पड़ी हूं। ठीक है? अब बताओ, क्या बात है?"

सुशीतल का चेहरा शर्म से लाल हो उठा।

बोला, "बुरा मत मानना, कल रात में मैंने तुम्हारा सपना देखा था।"

"मेरा? मुझे स्वप्न में देखा था?"

"हां। साधारणतः मैं स्वप्न नहीं देखता। अगर देखता भी हूं कभी तो यही कि परीक्षा में मेरा रिजल्ट बहुत खराब हो गया है। मेरे पिता मुझे डांट रहे हैं। पर सपने में किसी लड़की को मैंने पहली बार ही देखा है।"

मिस नायर ने पूछा, "सपने में क्या देखा था?"

सुशीतल बोला, "स्वप्न में देखा कि चारों तरफ शहनाई की आवाज फैल रही है। मैं तो सो गया था। पिता मुझे पुकार रहे थे। बोले, 'बेटे, उठो, उठो, उठो।' मैं घबराकर उठ पड़ा। पिता बोले, 'चलो, तैयार हो जाओ, तुम्हारी शादी है।"

मिस नायर ध्यान से सुन रही थी। बोली, "फिर?"

"उसके बाद मैं सिल्क का पंजाबी और तांत की धोती पहनकर शादी करने गया। वहां 'कन्या-संप्रदान' हुआ। फिर मैं एक सीढ़ी पर खड़ा हो गया और कन्या को मेरे चारों तरफ सात बार घुमाया गया।"

"उसके बाद?"

"उसके बाद शुभदृष्टि।"

"शुभदृष्टि में क्या देखे?"

"एक अद्‌भुत चेहरा देखा मैंने।"

"अद्‌भुत चेहरा? माने?"

"अद्‌भुत चेहरा माने तुम्हारा चेहरा।"

"मेरा?"

"हां, ठीक तुम्हारा ही चेहरा जैसे वहां बिठा दिया गया था।"

मिस नायर बोली, "मैं?"

"हां। अभी तुम्हें जिस तरह देख रहा हूं, तब भी ठीक ऐसा ही था। बनारसी साड़ी के घूंघट से झांकती तुम्हारी दो बड़ी-बड़ी आंखें देखकर मुझे बहुत अच्छा लगा। और फिर उस लाल बनारसी साड़ी में तुम इतनी अपूर्व लग रही थीं कि क्या कहूं···"

मिस नायर बोली, "तो इतनी लड़कियों के होते मुझे ही सपने में तुमने क्यों देखा? तुमने क्या मेरी जैसी कोई लड़की पहले नहीं देखी?"

सुशीतल बोला, "तुम्हारे सिवा मैं किसी दूसरी लड़की से कभी मिला ही नहीं। मेरे पिता ने मुझे लड़कियों से मिलने से मना जो किया था।"

मिस नायर बोली, "मैं भी तो लड़की हूं, फिर मुझसे क्यों मिले?"

सुशीतल बोला, "पता नहीं। अब देखो न, कल से मैंने एक किताब तक नहीं छुआ। हालांकि शीघ्र ही मेरी परीक्षा है।"

"तो क्या मेरा ही पढ़ना हो पाया है? सोकर उठते ही सोचने लगी थी कि कब दोपहर हो और बारह बजे···"

सुशीतल बोला, "पर इसकी जिम्मेदारी उस जूतेवाले पर ही है। वही तो सर्वनाश का मूल है।"

"पर उसीका भला क्या दोष है? उसके बाद कल वह बस जो बिगड़ गई? वह भी तो आधा दोषी है।"

इसी बीच बेयरा बिल ले आया।

मिस नायर बोली, "आज पैसे मैं दूंगी।"

कहकर वह बैग से रुपये निकालने लगी थी कि सुशीतल ने झट से उसका हाथ पकड़ लिया।

बोला, "नहीं, यह नहीं होगा, पैसे मैं ही दूंगा।"

सुशीतल को लगा कि इतना नरम हाथ उसने पहले कभी देखा तक नहीं है। सुशीतल पहले कभी सोच भी नहीं पाया था कि आदमी का हाथ इतना नरम हो सकता है।

बेयरे को और दो कप कॉफी तथा काजू-बादाम का आर्डर देते ही बेयरा केबिन से बाहर चला गया।

सुशीतल बोला, "तुम्हारे हाथ तो बहुत नरम हैं?"

मिस नायर बोली, "लड़कियों के हाथ तो नरम होते ही हैं। इसमें

नई बात क्या है ?"

सुशीतल बोला, "मुझे तो पता नहीं था। अगर हाथ नरम होते हैं तो मन भी लड़कों से ज्यादा नरम होता होगा ?"

मिस नायर बोली, "अब तुम अपना हाथ दिखाओ।"

सुशीतल ने अपना एक हाथ आगे बढ़ा दिया।

मिस नायर ने उसके हाथ को अपनी हथेलियों के बीच लिया और दबाया। बोली, "अरे, तुम्हारा हाथ भी तो बहुत नरम है। इतने नरम हाथ तो लड़कों के नहीं होते। तुम्हारा हाथ जब इतना नरम है तो तुम्हारा दिल भी नरम ही होगा।"

सुशीतल बोला, "मन नरम न होता तो क्या इतनी दूर से इस तरह दौड़ते-दौड़ते मैं यहां आता ?"

मिस नायर बोली, "इतने नरम हाथ होने से जीवन में बहुत कष्ट पाओगे, यह जानते हो न ?"

"अगर दुःख ही हो तो मैं क्या कर सकता हूं? भगवान ने तो मुझे नरम मन देकर ही पृथ्वी पर भेजा है।"

मिस नायर बोली, "जिसका हाथ जितना नरम होता है, वह उतना ही सेंटिमेंटल होता है, यह जानते हो ?"

सुशीतल बोला, "पर सेंटिमेंटल होने से ही तो यह पृथ्वी चल रही है। सेंटिमेंट न होता तो क्या ताजमहल बनता? शाहजहां अवश्य ही बहुत सेंटिमेंटल बादशाह था। सेंटिमेंट के बिना क्या रामायण, महाभारत लिखा जाता, या पृथ्वी ही इतनी सुन्दर जगह होती? भूलो मत कि यदि चैतन्यदेव या बुद्धदेव सेंटिमेंटल नहीं होते तो संसार छोड़कर उस रास्तेपर न निकल पड़ते। और सेंटिमेंट न होता तो क्या तुम यहां आतीं ? या मैं ही दोपहर की पढ़ाई छोड़कर तुमसे बात करने यहां आता ?"

मिस नायर बोली, "आश्चर्य, न तो तुम्हारे पिता जानते हैं न मेरी मां ही कि हम अपनी-अपनी पढ़ाई छोड़कर एक कॉफी हाउस में बैठे गप्प मार रहे हैं।"

सुशीतल बोला, "पर मैं दूसरी बात ही सोच रहा हूं।"

"क्या ? कौन-सी बात ?"

"पता नहीं, एक दिन तुम कहां होओगी और मैं कहां? हो सकता है, जीवन में फिर कभी हमारी मुलाकात ही न हो।"

"क्यों? मुलाकात क्यों नहीं होगी?"

"यह क्या बताया जा सकता है?" सुशीतल बोला, "डाक्टरी पास करके तुम नौकरी करने के लिए आसाम चली जाओगी, फिर शादी करके अपना संसार बसाओगी। और मैं? मैं शायद गांव में जाकर प्रैक्टिस शुरू करूंगा।"

"हां, यह तो ठीक है। पर शादी अगर करूंगी तो तुम्हें निमंत्रण-पत्र जरूर भेजूंगी।"

"तुम्हारी कृपा होगी। पर मैं विवाह नहीं करूंगा।"

"क्यों?"

सुशीतल बोला, "शादी करने लायक पृथ्वी पर लड़कियां ही कितनी हैं?"

"तुमने क्या सभी लड़कियों को देख लिया है?"

"नहीं, देखा नहीं है।" सुशीतल बोला, "पर कल स्वप्न में जिसे देखा है, उसे छोड़कर और कोई पसंद नहीं आएगी।"

"मतलब? मेरी बात कर रहे हो?"।

सुशीतल बोला, "सपने में तो तुम्हें ही देखा था। ठीक तुम्हारी तरह ही उसकी नाक, कान, आंख, मुंह—सब कुछ···"

मिस नायर बोली, "तुम मुझसे शादी करना चाह रहे हो? पर तुम्हारे पिता अगर न माने तो?"

सुशीतल बोला, "पिता को बिना बताए ही शादी कर लूंगा।"

"इतना साहस तुममें है?" फिर कुछ रुककर बोली, "फिर मैं तुम्हें दोस्त की तरह अच्छी लग रही हूं पर जिसके साथ संसार बसाओगे, जिसके साथ पूरा जीवन काटना होगा, उस तरह की लड़की अगर मैं न हुई तो?"

सुशीतल बोला, "मैं यह सब बिना सोचे ही कह रहा हूं क्या? मैंने बहुत सोच-विचारकर यह सब कहा है।"

मिस नायर बोली, "पर मैं हूं केरल की और तुम बंगाली। हमारा

कल्चर अलग-अलग है, टेस्ट अलग-अलग है, संस्कार में भिन्नता है। 'तुम कुछ दिन और सोच लो। अच्छी तरह सोच-विचारकर फिर कहना…"

सुशीतल बोला, "मैंने बहुत सोचा है, खूब सोचने के बाद ही कह रहा हूं। तुम्हारे राजी होने की बात है। मेरी तरफ से कोई आपत्ति नहीं है, यह फिर कह रहा हूं।"

मिस नायर बोली, "इतनी जल्दी वचन मत दो। कुछ दिन और सोचो। फिर पहले डाक्टरी पास कर लो, फिर सोचना…"

9

कहानी सुनाते-सुनाते कांति चट्टोपाध्याय कुछ देर के लिए रुक गए।

पूछा मैंने, "फिर ? उसके बाद ?"

कांति बाबू फिर सुनाने लगे, "उसके बाद इसी तरह दोनों के बीच दिन पर दिन घनिष्ठता बढ़ती गई। डाक्टर बैनर्जी ने मुझे सब कुछ बताया है। मैं हर रोज डाक्टर बैनर्जी के घर जाता और उनकी कहानी सुनता। तब मैंने वकालत शुरू ही की थी। मेरे पास तब इतने मुवक्किल नहीं थे। और डाक्टर ने उस वक्त तक रोगी देखना कम कर दिया था। थोड़ी रात होते ही डाक्टर बैनर्जी रोगी देखना बंद कर देते।

मैंने पूछा, "डाक्टर बैनर्जी तब क्या क्लब नहीं आते थे ?"

कांति बाबू बोले, "तब तक आज की तरह डाक्टर बैनर्जी का नशा बढ़ा नहीं था। तब तक जुआ भी नहीं खेलते थे। थोड़े-से रोगियों को देख-कर ही वे अपना चैम्बर बंद कर देते। और फिर रोगी देखने का वक्त ही कहां था उनके पास ? न उन्हें तब रुपयों की इतनी ज़रूरत थी। कोई तो उनके घर पर था नहीं।"

मैं बोला, "क्यों ? पत्नी, लड़के-लड़कियां ?"

कांति बाबू बोले, "ना, तब कोई भी नहीं था। सिर्फ एक नौकर था जो खाना वगैरह बना देता और घर भी देखता। उसीपर डाक्टर बैनर्जी पूरी तरह निर्भर थे।"

"क्यों ? क्या मिस नायर के साथ उनकी शादी नहीं हुई ?"

कांति बाबू बोले, "वही कहानी तो आपको सुना रहा हूं। कितनी

दर्द-भरी जिंदगी रही है डाक्टर बैनर्जी की ! मैं जब डाक्टर बैनर्जी के घर पर जाता था, उस वक्त डाक्टर बैनर्जी एकदम अकेले थे।"

"क्यों ? अकेला क्यों ?"

कांति बाबू बोले, " शुरू से ही सब कुछ सुने बिना आप समझ नहीं पाएंगे। वह कहानी सुनाऊंगा, यही सोचकर तो मैं आज आपको क्लब ले गया था। आपने देखा न, डाक्टर बैनर्जी किस तरह अकेले बेठे शराब पी रहे थे और ताश खेल रहे थे ? मैं पास से गया तब भी वे मुझे नहीं पहचान पाए। और एक समय वह भी था कि जब मैं उनके घर जाता तो वे मुझे छोड़ते ही नहीं। रात बारह-एक बजे तक वे मुझे अपनी कहानी सुनाते रहते। राई-रत्ती भी नहीं छोड़ते। मिस नायर के साथ किस तरह प्रथम परिचय हुआ, और किस तरह श्यामबाजार के कॉफी हाउस में बैठकर वे लोग कॉफी पीते और काजू-बादाम खाते, एक-एक बात बताते। मैं खूब दिलचस्पी से सुनता। वे कहानी सुनाते रहते और शराब की चुस्की लेते रहते।

"अंत में जब वह बेहोश होकर लुढ़क पड़ते तो मैं खुद ही उन्हें उठाकर उनके बिस्तर पर सुला देता।"

डाक्टर बैनर्जी तब सचमुच ही बहुत अच्छे डाक्टर थे। जबलपुर के सारे रोगी उनके पास ही आते।

किन्तु डाक्टर बैनर्जी शराब पिएं या रोगी देखें ?

मैं कहता, "डाक्टर बैनर्जी, आप दिन पर दिन अधिक शराब पीने लगे हैं। शराब पीना कुछ कम कर दीजिए।"

डाक्टर बैनर्जी कहते, "मैं बचा हुआ हूं, यही काफी है कांति बाबू ! मुझसे और कुछ उम्मीद मत कीजिए।"

मैं कहता, "अपने को इस तरह मिटाकर आपको क्या मिलेगा ?"

डाक्टर बैनर्जी कहते, "मैं तो अपने लिए कोई फायदा नहीं चाहता।"

"पर आदमी के रूप में पैदा होकर, फिर डाक्टरी पास करके अपनी जिंदगी को इस तरह नष्ट करेंगे ?"

डाक्टर बैनर्जी बोले, "जीवन को अभी तक मैंने अपने हाथों से नष्ट नहीं कर दिया, यह क्या कम लाभ है?"

मैं पूछता, "पर ऐसा क्यों हुआ?"

डाक्टर बैनर्जी का नशा तब तक काफी बढ़ जाता। कहते, "तो फिर आगे का सब कुछ सुनिए..."

सब कुछ सुन पाना किसी दिन भी संभव नहीं हो पाता। कुछ देर तक बोलते-बोलते ही नशा काफी बढ़ जाता और मैं उन्हें सोने के लिए छोड़ देता।

कहते, "आज यहीं तक, कल आइएगा, फिर सुनाऊंगा।"

असल कारण थी वही मिस अलका नायर। कभी श्यामबाजार के कॉफी हाउस के केबिन में बैठकर घंटों-घंटों तक बातें। कभी गंगा के किनारे तो कभी विक्टोरिया मेमोरियल के तालाब के किनारे। और फिर कभी बालीगंज लेक की किसी बेंच पर वही बातें और बातें।

मिस नायर कहती, "मैंने मां को चिट्ठी लिख दी है।"

सुशोतल कहता, "क्या लिखा है?"

"लिख दिया है, मैं एक बंगाली लड़के से शादी कर रही हूं।"

"तुम्हारी मां ने क्या जवाब दिया है?"

मिस नायर कहती, "मां ने आशीर्वाद दिया है। लिखा है, तुम यदि सुखी होओ तो मुझे कोई आपत्ति नहीं। पर तुम्हारे पिता? तुमने अपने पिता को पत्र डाला है?"

सुशीतल बोला, "नहीं।"

"क्यों?"

"पिता ने मुझसे प्रतिज्ञा करवाई थी कि मैं किसी लड़की से नहीं मिलूंगा। यदि उन्हें पता चल गया कि मैं तुमसे शादी कर रहा हूं तो वे मुझे त्याग देंगे।"

"तब क्या करोगे?"

"पिता को बिना बताए ही शादी करूंगा।"

मिस नायर ने पूछा, "तुम्हारे पिता को एक दिन पता चलेगा ही, फिर?"

सुशीतल बोला, "पिता को कैसे पता चलेगा? मैं कलकत्ता में रहकर क्या कर रहा हूं, यह जान पाना पिता के लिए संभव नहीं है।"

"पर तुम्हारा वह बेनीमाधव अगर किसी दिन कलकत्ता आ गया, तो? वह तुम्हें रुपया देने कभी-कभी कलकत्ता तो आता ही है?"

सुशीतल बोला, "पिता की उम्र हो गई है, वे ज्यादा दिन तक नहीं बचेंगे। और फिर हम लोग तब तक नौकरी पाकर कलकत्ता से बाहर चले जाएंगे।"

"तुम्हारे पिता अगर यहां आ जाएं?"

"पिता करीमगंज छोड़कर कभी नहीं आएंगे। इतनी संपत्ति, जमीन-जायदाद छोड़कर पिता कहीं नहीं जाएंगे। और फिर उनकी उम्र भी तो बहुत हुई। वे क्या ज्यादा दिन तक बचेंगे? पिता चाहते हैं, डाक्टरी पास करके मैं गांव में जाकर प्रेक्टिस करूं। पर मैं यह तो नहीं भी कर सकता? कह दूंगा, दो हजार रुपये की एक नौकरी मिल गई है, इसलिए नौकरी करने बाहर जा रहा हूं। कुछ झूठ बोलना ही पड़ेगा। तो तुम्हारे लिए कुछ झूठ ही सही, इससे कोई आप नहीं होता।"

मिस नायर बोली, "एक तरह से ठीक ही होगा। मुझे बहू बनकर श्वसुर के घर नहीं जाना पड़ेगा। इस झंझट से मुक्ति मिलेगी।"

कहकर दोनों हो-हो करके हंस पड़े।

उसके बाद मिस नायर बोली, "चलो, बहुत रात हो गई, अब चला जाए।"

उठकर बड़े रास्ते पर आकर दोनों बस में चढ़ गए।

10

कांति बाबू बोले, " प्रेम ऐसी ही चीज है महाशय ! प्रेम में पड़ने के बाद शायद आदमी में हित-अहित का ज्ञान नहीं रहता। हम तो पुराने लोग ठहरे। मां-बाप की पसंद से शादी की है। वकालत पास करने के बाद यथारीति विवाह किया। मैं तो ठीक-ठीक इस रस को नहीं समझ सकता।

"डाक्टर बैनर्जी भी यही कहते, 'जिन्दगी के कितने वर्ष किस तरह संदेह-संदेह में कट गए, क्या बताऊं ! लिखने-पढ़ने में ठीक से मन लगता ही नहीं था। फिर भी मिस नायर बीच-बीच में मुझे सावधान करती रहती।

"मिस नायर कहती—और नहीं। अब कुछ दिन तक मिलना-जुलना बंद करो।पहले डाक्टरी पास कर लें, फिर जितनी इच्छा होगी, मिलेंगे।

"अद्‌भुत लड़की थी वह मिस नायर। जितनी नरम उतनी ही कठोर। मेरी पढ़ाई में इस तरह नुकसान होता, इसी कारण वह मुझसे कई-कई दिनों तक मिलती नहीं। सिर्फ कहती-अभी नहीं, पहले परीक्षा हो जाए, फिर···'

"उस समय अगर मिस नायर इतनी कठोर न होती तो हम दोनों में से कोई भी पास नहीं कर पाता। हम दोनों का ही जीवन फिर नष्ट हो जाता।'

"डाक्टर बैनर्जी कहानी सुनाते-सुनाते रुक जाते और अपने गिलास से चुस्की लेते।

"कहते, 'मैं कभी-कभी मिस नायर के होस्टल में जाता तो वह कहतो—नहीं, अभी नहीं। अभी तुम जाकर पढ़ो-लिखो। मुझे बहुत

कष्ट पहुंचता। परीक्षा नजदीक आते ही हम मिलना-जुलना बंद कर देते।

" 'एक दिन मैं अपने कमरे में बैठा-बैठा पढ़ रहा था कि अचानक बेनीमाधव आ उपस्थित हुआ। मैं बेनीमाधव को देखकर ही चकित हो उठा। बोला—यह क्या? बेनीमाधव, तुम यहां अचानक कैसे?

" 'बेनीमाधव बोला—मालिक ने भेजा है। बोले—जाओ बेनी, लड़के को जाकर एक बार देख आओ।

" 'मैंने कहा—तुम्हारे आने की भला क्या जरूरत थी? मैं तो एकदम ठीक हूं।

" 'बेनीमाधव बोला—आपकी चिट्ठी नहीं मिली थी, इसलिए सबको चिंता हो रही थी। इसलिए चला आया। और यह एक सौ रुपये भी मालिक ने भेजा है। बोले हैं—परीक्षा नजदीक है, आप अच्छी तरह खाना-पीना करें।

" 'रुपये लेने के बाद मैं बोला—अब तुम जाओ बेनीमाधव, पिता से कह देना, मैं ठीक हूं। समय न मिलने के कारण मैं उन्हें पत्र नहीं लिख सका।

" 'बेनीमाधव बोला-आप यही सब एक कागज पर लिख दीजिए। में ले जाकर मालिक को दिखा दूंगा। देखकर उन्हें बहुत शांति मिलेगी। तभी दुखहरन काका को बुला भेजेंगे।'

"फिर वही हुआ। सुशीतल ने एक कागज पर लिख दिया :

'परम पूजनीय पिताजी,

मैं अच्छी तरह हूं। मेरे लिए आप चिन्ता न करें। परीक्षा हो जाने के बाद मैं गांव आऊंगा। अभी दिन-रात पढ़ाई में व्यस्त हूं। इसलिए निर्यामत रूप से आपको चिट्ठी नहीं लिख सकता। आशा है, आप कुशलपूर्वक होंगे।

इति। आशीर्वाद प्रार्थी आपका

—सुशीतल'

"चिट्ठी लेकर बेनीमाधव चला गया।"

घर पर हरिश्चन्द्र और दुखहरन दोनों मित्र ही बेनीमाधव की प्रतीक्षा में बैठे थे। उन लोगों की नजर घड़ी पर टिकी थी।

हरिश्चन्द्र बोले, "बेनीमाधव अभी तक नहीं आया दुखहरन!"

दुखहरन सांत्वना देते हुए बोले, "हो सकता है, ट्रेन लेट हो। तुम इतना चिन्तित क्यों हो रहे हो? बस, अभी आ ही जाएगा।"

और सचमुच ही कुछ देर बाद बेनीमाधव आ उपस्थित हुआ।

दोनों प्रायः एकसाथ ही बोल पड़े, "क्या हुआ बेनीमाधव? इतनी देरी क्यों हुई?"

बेनीमाधव बोला, "जी, ट्रेन लेट थी।"

"सुशीतल से भेंट हुई?"

"हां, छोटे मालिक के हाथ की चिट्ठी लाया हूं।"

"कहां है? दो।"

दोनों ही एकसाथ चिट्ठी पर टूट पड़े। तीन पंक्तियों की साधारण-सी चिट्ठी। पर यह साधारण चिट्ठी ही जैसे उनके लिए मृत संजीवनी बन गई। चलो, लड़का ठीक-ठाक है। मन लगाकर पढ़-लिख रहा है। यही जानकर दोनों खुश हुए।

हरिश्चन्द्र ने बेनीमाधव से पूछा, "तुमने उसे कैसा देखा? बहुत पतला हो गया है क्या?"

बेनीमाधव बोला, "थोड़ा-सा दुबला लग रहे थे।"

"उसे अच्छी तरह खाने-पीने के लिए कहे हो न?"

"हां।" बेनीमाधव बोला, "कहा है कि रोज थोड़ा-थोड़ा घी खाएं।"

"तुम जब गए, तब वह क्या कर रहा था?"

बेनीमाधव बोला, "जी, मैं जब पहुंचा तब साढ़े दस बज रहे थे। देखा, होस्टल के सभी लड़के बातचीत में लगे थे और छोटे मालिक अकेला अपने कमरे में बैठे एक मोटी किताब पढ़ रहे थे।"

हरिश्चन्द्र बोले, "हां, बहुत अच्छा है! क्यों दुखहरन, अच्छा है न?"

दुखहरन बोले, "हां, बहुत अच्छा है। सुशीतल बेटा हमेशा ऐसा ही रहा है। मैंने तो अपनी आंखों से देखा है, लिखने-पढ़ने में बच्चे का

मन बराबर रहा है।”

हरिश्चन्द्र बोले, “तुम्हें देखकर बहुत आश्चर्य कर रहा होगा?”

“जी हां, मुझे देखते ही पूछ बैठे—‘तुम अचानक कैसे? पिताजी ठीक हैं न?”

हरिश्चन्द्र के चेहरे पर हंसी फैल गई। बोले, “मेरी बात पूछ रहा था?”

“जी हां। आपके बारे में पूछ रहे थे, फिर दुखहरन काका की बात भी पूछने लगे।”

दुखहरन बोले, “अच्छा, इस तरह का एक भी दूसरा लड़का इस गांव में नहीं है। इसीलिए तो मैं रोज भगवान से प्रार्थना करता हूं कि मेरा बच्चा जिन्दा रहे। उसका मंगल हो।”

इसके बाद और भी कई तरह के प्रश्न हरिश्चन्द्र पूछते रहे। पत्नी की मृत्यु के बाद यह सुशीतल ही तो उनका जप-तप, ध्यान-ज्ञान सब कुछ रह गया था।

फिर बोले, “फिर तुम चले आए?”

“जी। छोटे मालिक पढ़ेंगे-लिखेंगे, इसलिए मैंने वहां रुककर उनका समय नष्ट नहीं किया। साढ़े ग्यारह बज गए थे। तब भी मेरे पास समय काफी था क्योंकि ट्रेन तो शाम को तीन बजे ही थी, इसलिए कालीघाट जाकर मैंने मां की पूजा की, परसाद लिया। आपके लिए भी थोड़ा परसाद ले आया हूं···”

11

अपने जीवन की कहानी सुनाते-सुनाते कई बार डाक्टर बैनर्जी की आंखों से आंसू बहने लगते। वे रूमाल से आंख साफ कर लेते। मैं उन्हें उस वक्त विरक्त नहीं करता। पर डाक्टर बैनर्जी तब भी मुझे नहीं छोड़ते। कहते, "आपको सुनना क्या अच्छा नहीं लगता कांति बाबू?"

मैं कहता, "खराब क्यों लगेगा डाक्टर बाबू? आपको बोलने में कष्ट हो रहा है, इसलिए उठ रहा था।"

डाक्टर बैनर्जी कहते, "नहीं, नहीं, मुझे बोलने में कष्ट नहीं हो रहा। मेरे जीवन की कहानी, आपकी तरह आग्रह से तो और किसीने सुनना नहीं चाहा, इसलिए किसीसे कह भी नहीं पाया। मरने से पहले कम से कम एक आदमी से यह सब कह जाऊं तो मेरा कष्ट कुछ कम हो जाएगा। मेरा और कौन है जो मुझे ठीक से समझ सकेगा, बताइए? मेरा लड़का नहीं समझेगा; मेरे पास जो रोगी पाते हैं, वे नहीं समझेंगे। और मेरी पत्नी? बची होती तब भी नहीं समझ पाती। समझने की उसमें शक्ति ही नहीं थी।"

"आपकी पत्नी?"

डाक्टर बैनर्जी कहते, "हां, मेरी पत्नी भी थी।"

"और मिस नायर? आपने उन्हें शादी का वचन दिया था?"

डाक्टर बैनर्जी कहते, "वह भी बताऊंगा। धीरे-धीरे सब कुछ कहूंगा आपसे। मेरी पत्नी भी थी, लड़का भी था—एकमात्र लड़का।"

"वह लड़का कहां गया?"

डाक्टर बैनर्जी कहते, "प्यार-दुलार से उसका नाम रखा गया था,

धीमान। धीमान आजकल कहां है, मुझे नहीं मालूम।"

बोलते-बोलते फिर रो देते डाक्टर बैनर्जी। फिर गिलास से चुस्की भरते। इसके बाद उनका चेहरा दूसरी तरह का ही हो जाता। बात गले में ही अटक जाती। उनपर नशा चढ़ता जाता। रोगी आते तो उनको कंपाउंडर भगा देता। दूसरे दिन आने के लिए कहता।

इस तरह अनवरत शराब पीते-पीते एक दिन उनके पेट में तेज दर्द उठा। अस्पताल में वे अपना पेट दिखाने गए।

डाक्टर ने दवा दी। दवा खाकर दर्द कम हुआ। पेट-दर्द के कारण कुछ दिनों तक उन्होंने शराब बंद रखी, किन्तु उसके बाद फिर शुरू हो गए।

अंत में पता चला कि उनके पेट में अल्सर हो गया है।

मनुष्य का जीवन कितना अद्भुत है, डाक्टर बैनर्जी इसके उदाहरण बन गए।

मैंने कई बार कहा, "शराब पीना छोड़ दीजिए न।"

मेरी बात सुनकर डाक्टर बैनर्जी कहते, "मैं आत्महत्या न करके शराब पी रहा हूं, यही काफी है। मेरी जैसी हालत में पड़ने पर आपमें से कोई भी आत्महत्या कर लेता। मैं हूं कि शराब पीकर भी आज तक जिन्दा हूं।"

सच ही डाक्टर बैनर्जी के जीवन की ट्रेजेडी की कल्पना भी कोई नहीं कर सकता। मैंने अपने जीवन के प्रारंभ में बहुत-से उपन्यास पढ़े हैं, ढेर सारी कहानियां पढ़ी हैं पर इस तरह के ट्रैजिक जीवन की कहानी आज तक मैंने किसी उपन्यास या कहानी में नहीं पढ़ी।

इसलिए फिर शुरू से ही बताऊं। प्रथम यौवन में आदमी के मन पर जो रंग चढ़ जाता है, समय के साथ-साथ, हो सकता है, वह धूमिल भी पड़ जाए। पर वह प्रथम रंग कभी मिटता नहीं। वह अमिट रहकर आदमी को हमेशा उसके अतीत में खींचता है। यह अतीत ही हमेशा आदमी का पीछा करता रहता है। इसलिए उम्र बढ़ने के साथ-साथ आदमी के लिए वर्तमान महत्वहीन होता जाता है और भविष्य भी उसे आकर्षित नहीं कर पाता। वह अतीत के साथ ही समय काटना पसंद

करता है।

डाक्टर बैनर्जी के लिए मिस अलका नायर का इसीलिए इतना आकर्षण था। उन्हें बराबर ही सब कुछ याद आता रहता। श्यामबाजार के मोड़ पर कॉफी हाउस के एक केबिन में बैठकर बातचीत करना, विक्टोरिया मेमोरियल की बातें, लेक में निश्चिंत बैठकर बातचीत करना—जितना ही वे सब कुछ याद करते, उतना ही शराब पीते। मिस नायर की एक-एक बात उन्हें याद आती रहती—छोटी से छोटी और बड़ी से बड़ी बात।

डाक्टर बैनर्जी पुरानी बातें याद करते और रो पड़ते। मैं उन्हें आगे बोलने से रोक देता।

कहते, "क्यों? क्यों नहीं सुनाऊं वह सब? आप जानते हैं कांति बाबू, मैंने जीवन में क्या खोया है? मैंने जो खोया है, अगर आप लोग खो देते, तो आप भी मेरी तरह शराब पीते और रोज···"

सुबह सोकर उटने के बाद वही डाक्टर बैनर्जी एक दूसरा ही आदमी बन जाते। उस वक्त रोगियों का दल दवा के लिए आ जमता। उस वक्त तक उनका नशा उड़ चुका होता। तब डाक्टर बैनर्जी फिर डाक्टर बैनर्जी बन जाते। किन्तु जैसे-जैसे समय बीतता जाता, वे भी बदलते जाते। और शाम होते ही वे अपने को भूल नहीं पाते। अतीत की बातें मन में उमड़ने-घुमड़ने लगतीं। उस वक्त मैं उनके यहां जाता। जिस दिन नहीं जाता, उस दिन उनका आदमी बुलाने आ जाता। वे अपने नौकर से कहते, "जा, कांति बाबू को बुला ला।"

इतने आदमियों के होते हुए भी वे मुझे ही क्यों बुलाते, मैं नहीं बता सकता। हालांकि मैं उनके साथ बैठकर शराब भी नहीं पीता था और न उनका समवयसी ही था। पर शायद मैं एक अच्छा श्रोता था, इसी कारण मेरी उनसे इतनी घनिष्ठता हो गई थी।

डाक्टर बैनर्जी मुझसे कहते, "आपको बुलाकर मैं आपके काम का नुकसान तो नहीं करता हूं न?"

मैं कहता, "नहीं, आप कहते जाइए···"

12

कांति बाबू कहानी कह रहे थे और मैं सुन रहा था।

खाना-पीना कभी का खत्म हो गया था। फिर कोर्ट की छुट्टी चल रही थी। मेरे पास भी तब काफी समय था। साहित्य-सम्मेलन में जो लोग आए थे, वे अपने-अपने घर लौट गए हैं। सिर्फ मुझे ही कांति बाबू ने रोक रखा है। मुझे अपने यहां रखने में कांति बाबू को भी कोई असुविधा नहीं है। बहुत अच्छी प्रैक्टिस है। अपने जीवन में काफी धनोपार्जन किया है उन्होंने। दोमंजिला मकान है। सामने के हिस्से में नीचे चेम्बर है और दोतल्ले पर गेस्टहाउस। दूर-दूर से आने वाले मुवक्किल, जिनके रहने की कहीं कोई जगह नहीं होती, इस गेस्ट हाउस में रहते हैं। जब से सम्मेलन चल रहा था, मैं इसी गेस्ट हाउस में हूं।

मैंने दीवारघड़ी की ओर देखा।

कांति बाबू बोले, "घड़ी की ओर मत देखिए, घड़ी की ओर देखने पर कहानी सुनानेवाला का दिमाग खराब हो जाता है। ऐसे बहुत-से लोग हैं जो कहानी सुनते-सुनते घड़ी की ओर देखते हैं। मुझे तब बहुत क्रोष होता है। तब मैं कहता हूं, 'आपको कहानी सुनने की जरूरत नहीं, काम है तो उठ जाइए।"

मैं बोला, "आपके लिए तो रात हो रही है?"

कांति बाबू बोले, "आप किस तरह के साहित्यिक हैं, महाशय? सुना था, साहित्यकार प्लाट खोजने के लिए स्वर्ग-नरक, आकाश-पाताल तक छानते फिरते हैं, और आप हैं कि अभी ही घड़ी की ओर देखने लगे हैं! आप क्या थक गए हैं? यदि थक गए हैं तो सो जाइए, मैं जाता हूं।"

मैं बोला, "नहीं-नहीं, आप सुनाइए। मैं सोच रहा था, शायद मैं आपको कष्ट दे रहा हूं।"

कांति बाबू बोले, "बिलकुल नहीं। वकील रात में जगने के अभ्यस्त होते हैं, आपको मालूम नहीं क्या? कभी-कभी किसी-किसी मामले की खोजबीन करते-करते मुझे रात के तीन भी बज जाते हैं। और मैं खुद अड्डाबाज आदमी हूं। रात में जागने पर मुझे तनिक भी कष्ट नहीं होता।"

"मैं भी ऐसा ही हूं। रात के अलावा ठीक से कभी लिखना नहीं होता। मैंने जो कुछ भी अच्छा लिखा है, वह भी रात में जागकर ही।"

"तो फिर सुनिए।"

कहकर कांति चट्टोपाध्याय ने फिर से शुरू किया।

तब फाइनल परीक्षाएं हो रही थीं। मिस अलका नायर रात-दिन पढ़ने में व्यस्त रहती। सुशीतल का भी फाइनल एक्जाम था। दोनों ही तब चिन्तित थे।

परीक्षा हॉल से बाहर आते ही दोनों एक-दूसरे से पूछते, "कैसा हुआ?"

मिस नायर कहती, "ठीक-ठाक! तुम?"

सुशीतल कहता, "खराब नहीं हुआ।"

अन्तिम पेपर देकर फिर दोनों घूमते-घूमते श्याम बाजार मोड़ पर कॉफी हाउस में जा बैठे।

दोनों ही कई दिनों से रात में जग-जगकर थक चुके थे।

सुशीतल ने पूछा, "छुट्टी में क्या करोगी?"

मिस नायर बोली, "अब तो कुछ दिन आराम करूंगी। और तुम?"

सुशीतल बोला, "मुझे दो दिन के लिए गांव जाना होगा। बिना गए नहीं चलेगा।"

"क्यों?"

"पिता ने बुलाया है। कल ही, पहली गाड़ी से।कोई बहुत ही जरूरी काम है शायद।"

"तुम्हारा भला क्या जरूरी काम हो सकता है?"

सुशीतल बोला, "क्या पता! पिताजी तो बूढ़े हो गए हैं। हो सकता है, वे अस्वस्थ हों!"

"पर लौटोगे कब?"

"आज तो मंगलवार है, कल स्टार्ट करूंगा। वहां दो दिन रहूंगा। शुक्रवार को लौटूंगा।"

"जरूर आओगे न?"

सुशीतल बोला, "आऊंगा नहीं तो वहां बैठे-बैठे समय कैसे कटेगा? मैं जा जरूर रहा हूं, पर मन तो तुम्हारे पास ही पड़ा रहेगा।"

मिस नायर बोली, 'इस तरह की झूठी बातें मत करो। वहां जाकर मेरी बात भूल ही जाओगे।"

"क्या बात करती हो?" सुशीतल बोला, "तुम्हें छोड़कर मुझे वहां अच्छा ही नहीं लगेगा।"

"तो फिर मेरी कसम खाकर कहो, ठीक शुक्रवार को आ जाओगे?"

सुशीतल ने मिस नायर को छूते हुए कहा, "कसम खाता हूं, शुक्रवार को ठीक आ जाऊंगा। अब तो तुम्हें कुछ नहीं कहना है?"

"याद रखना, तुमने कसम खाई है। कसम तोड़ना मत। तुम्हारे लिए मैं मां के पास नहीं गई, और तुम मुझे छोड़कर चले जा रहे हो।"

सुशीतल बोला, "वाह रे! मुझे तो पिता ने आज्ञा दी है।"

"पिता की आज्ञा तो तुम खूब मानते रहे हो जैसे! तुम्हारे पिता ने तो तुम्हें लड़कियों से मिलने से ही मना किया था, तुमने वह माना?"

सुशीतल बोला, "वह अलग बात है। पिता तो यह सब देखने नहीं आते। परीक्षा हो गई है, अगर अभी गांव नहीं गया तो पिता क्या सोचेंगे—बोलो?"

"पर मेरी मां भी तो इस तरह सोच सकती है?"

"पर तुमने तो अपनी मां को लिख दिया है कि कलकत्ता में नौकरी की खोज कर रही हो, इसलिए तुम्हारा यहां रहना जरूरी है। पर मैं भला

क्या बहाना करूं, बताओ ?"

मिस नायर बोली, "मैंने तो मां को झूठी बात लिख दी है। पर सच क्या यही है ? मैं तो सिर्फ तुम्हारे लिए नहीं गई।"

सुशीतल बोला, "अब इसी बात पर झगड़ने से कोई लाभ नहीं। मैंने तुम्हारी कसम खाई है कि मैं वहां से दो दिन रहकर चला आऊंगा, क्या इसका कोई अर्थ ही नहीं है ?"

"तो फिर तुम ठीक-ठीक बताओ, कब आओगे ? मैं अपनी डायरी में लिखकर रखूंगी।"

सुशीतल बोला, "शुक्रवार। ठीक तीन बजे मैं इसी कॉफी हाउस में आकर तुम्हारी प्रतीक्षा करूंगा।"

मिस नायर ने अपनी डायरी खोलकर, उसी तारीखवाला पृष्ठ निकालकर उसपर लिखने लगी। फिर बोली, "तुम यहां सही कर दो।"

सुशीतल ने उसके लिखे वाक्यों के नीचे अपना नाम लिख दिया। बोला, "अब तो तुम्हें विश्वास हुआ ?"।

मिस नायर बोली, "अगर अपनी बात पर न रहे तो दस रुपये फाइन।"

"मुझे फाइन नहीं देना पड़ेगा। मैं ठीक आ जाऊंगा।"

मिस नायर बोली, "ठीक है, देखती हूं, तुम बात के कितने पक्के हो। मैं भी ठीक तीन बजे यहां आकर बैठी रहूंगी।"

"हां, अगर ट्रेन लेट हो जाए तो बुरा मत मानना।"

"नहीं, ऐसा अगर हुआ तो तुम भला क्या करोगे, या मैं ही क्या करूंगी।"

सुशीतल बोला, "पर पता नहीं पिता ने क्यों इस तरह अर्जेंट बुलाया !"

फिर कुछ देर तक सोचने के बाद बोला, "मुझे लगता है, पिता जरूर बीमार पड़ गए हैं, इसीलिए।"।

मिस नायर बोली, "अन्त में तुम पिता की बीमारी का बहाना मत कर देना।" फिर कुछ रुककर बोली, "तुम्हें तो पता नहीं, तुमसे अलग रहकर कलकत्ता की मैं कल्पना भी नहीं कर सकती। ये दो दिन किस तरह कटेंगे, मैं सोच भी नहीं पा रही हूं।"

सुशीतल बोला, "थोड़ा धीरज रखो, मैं जाऊंगा और चला आऊंगा। सच कह रहा है, मैं जाऊंगा और चला आऊंगा। और फिर तुम क्या सोचती हो कि तुम्हें देखे बिना मेरे दिन कट जाएंगे? मैं तुम्हें छोड़कर वहां कैसे रह पाऊंगा, यह सोच भी नहीं पा रहा हूं।"

बुधवार को ट्रेन पकड़नी थी।

सुशीतल सियालदह स्टेशन पर गाड़ी पकड़ने के लिए खड़ा हुआ तो उसने देखा कि मिस नायर प्लेटफार्म पर कुछ दूर पर खड़ी है।

"अरे, तुम?"

मिस अलका नायर तब हंस रही थी।

बोली, "तुम्हें थोड़ा सरप्राइज दूंगी, यही सोचकर चली आई। मुझे पता था कि तुम कितने बजे की ट्रेन से जाओगे।"

"फिर भी तुम क्यों कष्ट करके आई?"

मिस नायर बोली, "कष्ट? कष्ट की बात कर रहे हो? तुम्हारे चले जाने पर मुझे कितना कष्ट होगा, यह तो तुमने एक बार भी नहीं सोचा। पता है, कल रात मैं एक मिनट के लिए भी नहीं सो पाई?"

"सच, तुम्हारी बात सोचकर मुझे बहुत गर्व होता है।"

"क्यों? किस बात का गर्व?"

सुशीतल बोला, "मेरे जैसे एक तुच्छ व्यक्ति को कोई इतना प्यार करेगा, यह जानकर क्या गर्व नहीं होगा?"

"तुम तुच्छ हो? कह क्या रहे हो तुम?"

"तुम्हारी तुलना में क्या मैं तुच्छ नहीं हूं?"

"क्यों? मैं तुमसे किस बात में बड़ी हूं?"

सुशीतल बोला, "और किसी बात में भले ही न होओ, पर लिखने-पढ़ने में तुम मुझे हरा सकती हो।"

"कौन कहता है?"

"और कोई जाने या न जाने, मुझे तो पता है। तुम सर्जरी में फर्स्ट होओगी और तुम्हें निश्चित रूप से 'ड्यूक आफ एडिनबरा' प्राइज

मिलेगा। क्लीनिकल सर्जरी में भी 'मैकलाड गोल्ड मेडल' तुम्हारे हिस्से ही आएगा।"

"तुम्हारे सिर पर फूल-चन्दन बरसे।"

"पर तब याद रखना।"

"क्या ?"

सुशीतल बोला, "तुम अभी ही भूल गईं ?"

"सच बोलो तो, क्या याद रखने के लिए कह रहे हो ?"

सुशीतल बोला, "तुमने कालीघाट में जाकर देवी के सामने शपथ खाई है कि तुम मुझसे ही शादी करोगी।"

मिस नायर बोली, "मुझे तो याद है, पर तुम याद रखो, तभी तो···"

इतने में ट्रेन छूट गई।

सुशीतल खिड़की से प्लेटफार्म की ओर देखता रहा। मिस नायर तब भी वहीं खड़ी थी और जाती हुई ट्रेन को अपलक देख रही थी। उसे देखकर सुशीतल को लगा, जैसे वह मिस नायर नहीं, मिस नायर की एक पत्थर की मूर्ति है।

13

पर आदमी जो सोचता है, सब समय क्या वही होता है ?

ट्रेन से उतरकर घर पहुंचते ही हरिश्चन्द्र बोले, "बेटे, आज तुम कुछ खाना मत। आज तुम्हें उपवास करना होगा।"

सुशीतल कुछ समझ नहीं पाया। बोला, "उपवास करना होगा ? क्यों ?"

पिता बोले, "विवाह के दिन उपवास करना होता है।"

"विवाह ? किसका विवाह ?"

"तुम्हारा। और किसका ?"

"किन्तु मुझे तो कुछ भी पता नहीं।"

"तुम्हारे जानने की जरूरत ही क्या है ! मैं कह रहा हूं, तुम्हें शादी करनी है, तुम करोगे। इसमें जानने-समझने की क्या बात है ?"

सुशीतल बोला, "अभी तो मेरा रिजल्ट भी नहीं निकला। मैं पास करूंगा या फेल करूंगा, यह भी ठीक नहीं। इसी बीच मैं शादी क्यों करूं ?"

पिता बोले, "तुम तो शादी कर नहीं रहे हो, मैं तुम्हारी शादी करवा रहा हूं।"

सुशीतल कहां शादी करेगा, किससे शादी करेगा, जिससे शादी करेगा वह देखने में कैसी है, पिता से कुछ भी तो पूछ पाने का साहस वह नहीं कर पाया। बराबर वह पिता से डरता आया है। पिता के सामने कभी नजर उठाकर बात नहीं कर पाया।

पिता की बात शेष होते ही वह अपने को बचाने के लिए घर के भीतर

चला गया। भीतर अपने बिस्तर पर सोकर वह छटपट करता रहा। मिस नायर का चेहरा उसे याद आ गया। क्या कहेगा वह उससे जाकर? क्या जवाब देगा उसे? सियालदह स्टेशन पर ट्रेन छूटने से पहले मिस नायर का जो चेहरा उसने देखा था, वही चेहरा आंखों के सामने आ खड़ा हुआ। वही पत्थर की मूर्ति जैसा चेहरा। दोनों आंखें छल-छल कर रही थीं। सुशीतल ने वचन दिया था, शुक्रवार को तीन बजे वह श्याम बाजार के कॉफी हाउस में उसकी प्रतीक्षा करेगा। आज अभी बुधवार है। कल बृहस्पतिवार है और परसों ही शुक्रवार। आज अगर उसकी शादी हो गई तो शुक्रवार को 'बहूभात' होगा। इस हालत में वह किस तरह मिस नायर को समझाएगा?

टेलीग्राम करने पर भी तो उसे नहीं मिलेगा। फिर टेलीग्राम में लिखेगा ही क्या?

अचानक घर के सामने से बेनीमाधव जाता हुआ दीखा।

सुशीतल ने उसे पुकारा, "बेनीमाधव, जरा सुनना।"

बेनीमाधव घर में आ गया। उसके पास अभी बहुत काम है। घर के मालिक की फरमाइशों के अलावा आसपास के गांवों के बहुत सारे लोग आ जमे हैं। उनकी बात भी रखनी है। शहनाई बजने लगी है। सुबह के नाश्ते से लेकर बारातियों के जाने तक की व्यवस्था उसे ही करनी है। घर के सामने ही एक शामियाना लगा दिया गया है। शाम होते न होत शोर-शराबा शुरू हो जाएगा।

घर के भीतर पाकर बोला, "क्या कह रहे हैं, छोटे बाबू?"

सुशीतल ने पूछा, "मेरी शादी कहां हो रही है बेनी दा?"

बेनीमाधव बोला, "अधिक दूर नहीं, इसी गांव में।"

"किसके साथ?"

"दुखहरन बाबू की लड़की ललिता के साथ। दुखहरन बाबू की यही एक लड़की है। मां नहीं है। आज से बीस वर्ष पहले से ही सब कुछ निश्चित हो चुका है। मालिक ने वचन दे रखा है। वे तो अपने वचन के खिलाफ नहीं जा सकते। पर दुखहरन बाबू की बेटी भी बहुत अच्छी है— एकदम लक्ष्मी की मूर्ति की तरह।"

सुशीतल बोला, "किन्तु मुझे तो पता नहीं था।"

बेनीमाधव बोला, "आपको बताकर लाभ ही क्या था? आपके डाक्टरी पास करते ही आपकी शादी हो जाएगी, यह तो पहले ही ठीक हो चुका था। अब तो आपने डाक्टरी पास कर ली है, इसलिए शादी हो रही है।"

सुशीतल चुप रहा।

बेनीमाधव फिर बोला, "और खड़ा नहीं रह सकता बाबू, बहुत काम है मेरे पास। अब मैं जाता हूं। बरातियों के लिए मुझे नाश्ता-पानी ठीक करना है। मुझे सांस लेने की भी फुरसत नहीं है।"।

सुशीतल ने एक बार सोचा कि चुपचाप घर छोड़कर कहीं भाग जाए? फिर कोई उसे खोज नहीं पाएगा।

किन्तु पिता की बात सोचते ही वह सहम गया। पिता की बात तो उसने कभी तोड़ी नहीं है। पिता इससे बहुत ही कष्ट पाएंगे, अगर अभी वह पिता से जाकर कहे, 'नहीं, मैं यह शादी नहीं कर सकता?'

घर से जल्दी-जल्दी निकला वह। नहीं, वह यह शादी किसी तरह भी नहीं कर सकता। वह क्या अभी भी बच्चा है कि जो जहां कहेगा, वहीं वह शादी कर लेगा? लड़की को एक बार दिखलाया तक नहीं गया? उसकी राय तक नहीं पूछी गई? शादी कर देने से ही क्या शादी हो जाएगी?

चंडीमंडप में आकर उसने देखा, पिता नहीं हैं। गांव के अन्य बहुत-से लोग आए हुए हैं।

एक आदमी ने पूछ लिया, "अरे सुशीतल, कब आए?"

सुशीतल बोला, "आज सुबह की ट्रेन से।"

"ओ। आशीर्वाद करता हूं बेटे, बचे रहो। खुश रहो। तुमने सिर्फ हमारे करीमगंज का ही नहीं, पूरे नदीया जिला का नाम उज्ज्वल किया है। तुम्हारे जैसा लड़का इस गांव के लिए गर्व की बात है।"

और एक आदमी बोल पड़ा, "किस बाप का बेटा है, यह भी तो देखना होगा।"

सुशीतल और वहां खड़ा नहीं रह पाया। मकान के बाहर जहां

शामियाना लगा था, वहां जा खड़ा हुआ। पर वहां भी पिता न थे।

अन्त में वह इस मकान के भीतरी हिस्से में गया। वहां गांव की बहू-बेटियां बैठी ढेकी से तिल कूट रही थीं। तिल का लड्डू बनेगा। शादी में सभी खाएंगे।

वहां भी पिता को न पाकर वह समझ न पाया कि पिता कहां गए।

उसने खिड़की से बाहर देखा। उधर आम-कटहल का बगीचा है। बहुत बड़ा बगीचा। स्टेशन से आते वक्त इसी बगीचे के पास से आना पड़ता है।

उसके मन की विचित्र हालत हो गई।

वह बाहर आकर उसी बगीचे के किनारे-किनारे आगे बढ़ने लगा। आधा घंटा चलने के बाद ही बस का रास्ता है। एक बार बस पकड़ लेने के बाद सीधे स्टेशन पहुंच जाएगा। तब उसे कोई पकड़ नहीं पाएगा। दोपहर को अढाई बजे एक ट्रेन है, वह अगर पकड़ सका तो फिर सीधा ही कलकत्ता।

बस-स्टाप के पास आकर वह एक बरगद की छाया में खड़ा हो गया। और भी कई यात्री वहां बस की प्रतीक्षा में खड़े थे। कोई पह-चान न ले, इसलिए वह कुछ छिपकर ही खड़ा था।

कुछ देर बाद बस आते ही वह उसमें चढ़ गया।

पक्की सड़क पर बस तीर की तरह दौड़ी जा रही थी। अच्छा ही हुआ कि वह पिता की बातों में आकर शादी कराने नहीं बैठ गया। उसके लिए यह बहुत ही अच्छा हुआ।

जब पिता उसे खोजेंगे तो कहीं नहीं पाएंगे। इससे पूछेंगे, उससे पूछेंगे, 'लड़का कहां गया? तुममें से किसीने देखा है?'

कोई देख नहीं पाया है। कोई नहीं जानता, सुशीतल कहां है।

बेनीमाधव से ही पहले पूछेंगे, 'लड़का कहां गया, पता है?'

बेनीमाधव कहेगा, 'अभी कुछ देर पहले तो मैंने देखा था, वे अपने कमरे में सोए हुए थे।

'तो सोए-सोए अब वह कहां गया?'

उसे लेकर पूरे घर में एक हल्ला मच जाएगा। तब तक ट्रेन राना-

घाट पहुंच जाएगी। रानाघाट में ट्रेन दस-पन्द्रह मिनट रुकती है। उसी बीच वह कुछ खा लेगा। दिन भर कुछ खा नहीं पाया है। शादी के दिन दूल्हे को कुछ खाना नहीं चाहिए।

अच्छा ही होगा, पिता से उसका सम्बन्ध हमेशा के लिए टूट जाएगा। उसके बाद वह और मिस नायर कलकत्ता से बाहर जाकर कहीं किसी अस्पताल में नौकरी कर लेंगे। तब कोई भी उसे खोज नहीं पाएगा। मुझे बिना बताए जिस तरह ये लोग मेरी शादी कर रहे थे, उसी तरह अब फसेंगे।

तब तक बीच रास्ते में एक यात्री उतर गया और सुशातल उसकी जगह पर जा बैठा।

अचानक पास से एक अपरिचित आदमी बोल उठा, "अरे, छोटे बाबू, आप? इधर कहां जा रहे हैं?"

सुशीतल बोला, "मैं रेल बाजार जा रहा हूं।"

"आज तो आपकी शादी है और आज ही आप रेल बाजार के लिए निकले हैं? कुछ सामान खरीदना है शायद?"

सुशीतल ने एक शब्द में जवाब दिया, "हां।"

आदमी बोला, "पर आज शादी के दिन क्या घर से बाहर निकलते हैं छोटे बाबू?"

सुशीतल बोला, "एक जरूरी काम है, इसीलिए।"

सुशीतल अपनी बात खत्म कर दूसरी तरफ देखने लगा जिससे और बात न करनी पड़े।

उसके बाद रेल बाजार के पास बस के रुकते ही सभी यात्री झटपट नीचे उतर पड़े। उनके पीछे-पीछे सुशीतल भी उतरा।

कलकत्ता का टिकट कटाने के लिए ओवर ब्रिज पार कर दूसरी तरफ जाना होगा। ट्रेन इधर ही के प्लेटफार्म पर आएगी, पर टिकट उधर जाकर कटाना होगा।

अचानक पीछे से किसीने पुकारा, "सुशीतल!"

गले की आवाज सुनते ही सुशीतल का पूरा शरीर कांप उठा। मुड़कर उसने देखा, सामने पिता खड़े थे। हरिश्चन्द्र उसके पास आकर

बोले, "तुम? यहां?"

सुशीतल पिता को देखकर अवाक रह गया था। कुछ बोल नहीं पाया।

"क्या हुआ? चुप क्यों हो? शादी के दिन तुम रेल बाजार क्यों आए? कोई आएगा? कलकत्ता से तुम्हारा कोई मित्र आएगा? उसे लेने आए हो?"

तब भी सुशीतल कुछ बोल नहीं पाया।

अन्त में बहुत कोशिश करने के बाद वह बोला, "मैं शादी नहीं करूंगा।"

"शादी नहीं करोगे? मतलब? तुमने समझ क्या रखा है? मेरी बेइज्जती कराओगे? यही तुम चाहते हो? तुम्हें पता है, यहां मैं मछली और मिठाई का आर्डर देने आया हूं, परसों के बहूभात के लिए? अभी रुपया एडवांस देकर आ रहा हूं। और अब तुम बोल रहे हो, शादी नहीं करोगे? तुम्हारा क्या दिमाग खराब हो गया है? चलो, घर चलो।"

हरिश्चन्द्र समझ गए, लड़का कलकत्ता भाग रहा है।

लड़के का हाथ पकड़कर वे एक साइकिल रिक्शा पर बैठ गए। रिक्शा वाले से बोले, "सीधे करीमगंज चलो।"

रिक्शावाला रिक्शा चलाने लगा।

चलते-चलते लड़के को समझाने लगे, "अच्छा, तुम शादी क्यों नहीं करना चाहते?"

सुशीतल बोला, "मैं अभी भी डाक्टरी पास नहीं कर पाया हूं। अभी भी परीक्षा का रिजल्ट नहीं निकला है। मैं अभी कोई काम नहीं करता, इस हालत में शादी करने की इच्छा नहीं हो रही।"

हरिश्चन्द्र बोले, "यह सब बेकार की बातें हैं। तुम्हें क्या रुपया कमाकर पत्नी को खिलाना-पहनाना पड़ेगा? और फिर यह शादी तुम तो कर नहीं रहे हो। मैं करवा रहा हूं। मेरी बात ही मेरी आज्ञा है। मैं जो कहूंगा, वही होगा। लगता है, कलकत्ता जाकर तुम्हारा दिमाग खराब हो गया है। अब समझ रहा हूं कि तुम्हें कलकत्ता भेजकर ही मैंने गलती की है।"

सुशीतल पिता की बात चुपचाप सुनता रहा। विरोध करने का तनिक भी साहस उसमें नहीं रह गया था।

हरिश्चन्द्र फिर कहने लगे, "तुम्हारी उम्र हुई है, तुम तो अब बच्चे नहीं हो, मैंने आज से बीस वर्ष पहले तुम्हारे दुखहरन काका को वचन दिया था कि उनकी बेटी से तुम्हारी शादी होगी। अब अगर यह शादी न हुई तो मैं समाज में अपना मुंह किस तरह दिखाऊंगा? बोलो, मेरी बातों का जवाब दो। इस तरह गूंगे की तरह चुप रहने से नहीं चलेगा!"

तब भी सुशीतल कोई उत्तर नहीं दे पाया। पिता के पास बैठा किसी आज्ञाकारी बालक की तरह सब कुछ चुपचाप सुनता रहा।

14

कांति बाबू रुके।

मैंने पूछा, “उसके बाद ?”

“ उसके बाद जो होना था, वही हुआ। उसी रात सुशीतल के साथ दुखहरन चक्रवर्ती की एकमात्र, मातृहारा लड़की ललिता की शादी हो गई। फूलों की माला, सात फेरे, शंखध्वनि, सुहागकक्ष में फूल-शैया··· कुछ भी बाकी न रहा। शुभ दृष्टि के समय सुशीतल ने अपनी पत्नी की ओर एक बार ध्यान से देखा तक नहीं। सुहागरात में भी सुशीतल ठीक समय से ही सो गया। शारीरिक थकान और मानसिक अशांति के कारण वह सोकर उठा भी देर से। नई पत्नी से एक शब्द भी वह नहीं बोला।

“आदमी का जीवन कभी भी सीधे पथ पर नहीं चलता। वह अपनी मर्जी के हिसाब से आदमी को अज्ञान बनाकर चलता रहता है।”

सम्बन्धी, आमन्त्रित अतिथि, सभी दो-चार दिन हो-हल्ला मचाकर एक दिन विदा हो गए। हरिश्चन्द्र निश्चित हुए और निश्चित हुए दुखहरन बाबू। दुखहरन बाबू के गले का कांटा निकल गया था। दोनों के लिए अब कोई दुश्चिंता नहीं है। सुशीतल ने डाक्टरी पास की है। घर में इतने दिनों बाद तक कोई औरत नहीं थी, अब पुत्रवधू आई है।

हरिश्चन्द्र ने पुत्रवधू से कहा, “बेटी, आज से तुम ही इस घर की मालकिन हो, इस घर-संसार का सारा दायित्व आज से तुमपर ही है। तुम्हारे श्वसुर, तुम्हारे स्वामी, तुम्हारा ही यह संसार है। तुम्हारे ऊपर

भार दे कर अब मैं भी निश्चिंत हूं।"

सुशीतल कुछ दिनों तक ही घर पर रहा। ललिता अब कानूनी तौर पर उसकी पत्नी थी, इसलिए उससे दो-चार बात भी करनी पड़ी उसे!

एक दिन रात को सोए-सोए अचानक ही ललिता ने पूछ लिया, "मुझसे शादी करके तुम क्या खुश नहीं हो?"

सुशीतल बोला, "क्यों? यह क्यों पूछ रही हो?"

"नहीं, मैंने सुना है कि तुम शादी के दिन छिपकर कलकत्ता भाग रहे थे? तुम्हें बलात् पकड़कर लाया गया और मुझसे शादी कर दी गई?"

"तुमने यह सब किसने कहा?'

ललिता बोली, "गांव के सभी लोग जान गए हैं। बताओ न, सच है या नहीं?"

सुशीतल बोला, "दूसरों की बात पर विश्वास करना उचित नहीं है।"

"मेरे पिता ने ही यह सब कहा है, किसी दूसरे ने नहीं। पर बता सकते हो, मेरा दोष क्या है? मैं तो बचपन से ही जानती थी कि तुमसे एक दिन मेरी शादी होगी। तुम नहीं जानते थे?"

सुशीतल बोला, "नहीं। यहां आने के बाद ही मैंने पिता के मुंह से यह सुना था।"

ललिता ने अचानक ही पूछ लिया, "मैं तुम्हें पसन्द नहीं हूं न?"

सुशीतल ने उत्तर दिया, "कौन कहता है, तुम मुझे पसन्द नहीं हो?"

"यह बात बताने की जरूरत नहीं होती। चेहरा देखकर ही समझा जा सकता है।"

सुशीतल बोला, "चेहरा देखकर ही अगर सभी बातों का पता चल जाता तो फिर कहना ही क्या था।"

ललिता बोली, "तुम मेरी बात टाल क्यों जाते हो? सीधे-सीधे उत्तर नहीं दे सकते? अच्छा, बताओ तो, सब समय क्या सोचते रहते

हो? लगता है, तुम सब समय ही खोए-खोए रहते हो! सब समय पता नहीं क्या सोचते रहते हो!"

"कहा तो, कुछ भी नहीं सोचता।"

"तो फिर इतने गम्भीर क्यों रहते हो?"

सुशीतल बोला, "रिजल्ट तो अभी भी नहीं निकला, वही सोचता रहता हूं। पता नहीं क्या होगा! एक बार कलकत्ता जाना ठीक रहेगा।"

"तो कलकत्ता चले जाओ। मैंने क्या तुम्हें बलात् साड़ी के आंचल से बांध रखा है?"

सुशीतल बोला, "नहीं, इच्छा होने पर मैं चला ही जाऊंगा।"

"जाओगे तो फिर लौटोगे कब?"

"यह क्या पहले से ही बताया जा सकता है?"

ललिता बोली, "मैं सब समझ गई।"

"क्या समझ गई?"

"तुम मुझे बिलकुल पसन्द नहीं करते। मेरे पास रहना भी तुम्हें अच्छा नहीं लगता।" कहकर, आंखों पर आंचल रखकर वह रोने लगी।

ललिता जब भी उसके पास होती, रात भर रोती रहती। सिर्फ रोना और अकारण ही अभियोग। रोना और अभियोग सुनते-सुनते सुशीतल और अव्यवस्थित हो उठा।

एक दिन वह बोला, "तुम रोने के सिवा और कुछ नहीं जानती हो? तुम क्या कभी हंस नहीं सकतीं?"

ललिता बोली, "तुम तो सिर्फ मुझे दोष देते रहते हो, पर हमारी शादी के इतने दिन हो गए, तुम्हारे चेहरे पर कभी हंसी आई है?" कहकर वह फिर रोने लगी।

रोना देखकर ही सुशीतल विरक्त हो उठा।

बोला, "तुम खुद भी नहीं सोओगी और न मुझे सोने दोगी। इससे तो अच्छा है, कहीं दूसरी जगह जाकर ही सो जाऊं।"

ललिता बोली, "तो फिर चले जाओ। लोग अभी तक जो नहीं जानते, वह भी जान जाएं। ठीक है, यही करो, लोगों को पता तो चले

कि हमारा सम्पर्क क्या है, इतना ही क्यों बाकी रखोगे?" कहकर वह उठी और जाकर उसने दरवाजे की सांकल खोल दी। बोली, "जाओ, जाओ, बाहर जाओ, खड़े क्यों हो? मैंने तो दरवाजा खोल दिया, चले जाओ बाहर।"

सुशीतल के लिए यह सब असह्य हो उठा।

तेज स्वर में बोला, "पागलपन मत करो। पागलपन की भी एक सीमा होती है। देख रहा हूं, तुम वह सीमा भी छोड़े जा रही हो।"

ललिता ने भी उसी तरह कड़े स्वर में कहा, "तुमने मुझे पागल कहा? मैं पागल हूं? मैं यदि पागल हूं तो तुमने मुझसे शादी क्यों की? किसने तुमसे कहा था कि मुझसे शादी करो?"

सुशीतल बोला, "यही तो मुझसे गलती हो गई है। शादी के दिन मैं भाग रहा था, पिता अगर पकड़ न लाते तो क्या मैं तुमसे शादी करता? यदि भाग गया होता तो कम से कम रात को ठीक से सो सकता था।"

ललिता उत्तेजित होकर शायद कुछ बोलने जा रही थी, किन्तु अचानक बिना कुछ कहे, वह अचेत होकर नीचे गिर पड़ी और लम्बी-लम्बी सांस लेने लगी।

सुशीतल घबरा गया। इस हालत में वह क्या करे, कुछ समझ न सका। वह खुद डाक्टर है, पर उसके पास कोई दवाई नहीं है। वह समझ गया कि यह मृगी रोग है। एक मृगी रोगी से उसकी शादी हुई है।

घड़े से थोड़ा-सा पानी लाकर वह उसके सिर पर थपथपाने लगा। तब भी अच्छा होने का कोई लक्षण नजर नहीं आया। काफी समय बीत गया। तब भी ललिता निःशब्द थी।

अन्त में उसने पुकारना शुरू किया, "ललिता! ललिता!"

ललिता ने कोई उत्तर नहीं दिया।

मध्यरात्रि में यह घटना घटी थी पर जब रात्रि शेष होनेवाली थी तब ललिता को कुछ चेत हुआ। और जब तक वह पूरी तरह होश में लौटी,सुबह की किरणें चारों तरफ फैल चुकी थीं।

सुशीतल ने पूछा, "अब कैसा लग रहा है?"

ललिता कुछ खिंचे स्वर में बोली, "कुछ ठीक है। पर मेरे सिर पर

इतना पानी कौन डाल गया ?"

सुशीतल बोला, "मैंने। तुम्हारे साथ क्या प्रायः ऐसा होता है ?"

ललिता कुछ बोली नहीं। चुप रही।

सुशीतल ने फिर कहा, "मैं डाक्टर हूं, मुझसे छिपाओ मत। बोलो, क्या पहले भी इस तरह हुआ है ?"

ललिता बोली, "हां।"

"कितने दिनों से ऐसा हो रहा है ?"

"बचपन से ही।"

"किसीको पता है ?"

"पिताजी जानते हैं, आसपास के लोग जानते हैं।"

"कभी डाक्टर को दिखाया था ?"

"हां। डाक्टर ने कहा था, शादी होते ही ठीक हो जाएगा।"

सुशीतल इस बार सब समझ गया। समझ गया कि उसे छला गया है। दुखहरन काका ने ही उससे छल किया है।

दूसरे दिन वह पिता के पास जाकर बोला, "पिताजी, बहुत दिन तो हो गए, काफी समय मैं यहां रह गया, आज कलकत्ता जाऊंगा।"

"क्यों ?"

सुशीतल बोला, 'मेरा रिजल्ट निकला है या नहीं, यह पता लगाना होगा।"

पिता बोले, "तो आज ही क्यों जाओगे ? दो दिन बाद जाने में क्या नुकसान है ?"

सुशीतल बोला, "गांव में बैठे रहने पर कभी पता नहीं चलेगा। कलकत्ता जाने पर दोस्त-मित्रों से कुछ न कुछ पता चल ही जाएगा।"

'अच्छा, जाओ। पर लौटोगे कब ?"

"दो-चार दिन बाद ही।"

"दो-चार दिन नहीं, परसों तुम्हें लौट आना होगा।"

"इतने कम समय में क्या कोई काम होगा ?"

"यदि नहीं होगा तो एक दिन और रह जाना। असल बात यह है कि अब मैं कलकत्ता में तुम्हें ज्यादा दिन नहीं रहने दूंगा। कलकत्ता बहुत ही खराब जगह है। जितनी जल्दी हो सके, यहां लौट आना। पास करके तुम अपनी पत्नी को कलकत्ता ले जाओगे और वहीं प्रैक्टिस करोगे, यह नहीं होगा।"

"तो फिर?"

"इसी गांव में तुम डाक्टरी करोगे।"

दुखहरन भी वहीं बैठे थे। बोले, "हां, तुम्हारे पिता जो कह रहे हैं, वही उचित है। तुम गांव के लड़के हो, हम चाहते हैं, तुम गांव में ही रहो। यहां एक भी अच्छा डाक्टर नहीं है जो गांव के रोगियों को ठीक कर सके। और हम भी तो बूढ़े हुए, हम लोगों के बीमार पड़ने पर कौन देखेगा? हमारे बारे में भी तो तुम्हें सोचना चाहिए।"

सुशीतल बोला, "पर गांव के लोगों के पास क्या इतना पैसा है जो मुझे दे सकेंगे?"

"तुम्हें रुपयों की जरूरत क्या है?"

पिता की बात सुनकर सुशीतल बोला, "किन्तु अस्पताल बहुत हैं। मैं किसी अस्पताल में ही काम करना चाहता हूं। वहां जल्दी काम सीखा जा सकता है। और फिर सिर्फ डाक्टरी पास कर लेने से ही तो नहीं होगा। हमारे कालेज में बहुत दिन तक हाउस-फिजिशियन रहने का नियम है। कम से कम एक वर्ष ..."

पिता चिंतित हो उठे। बोले, "तो क्या इतने दिनों तक बहू मेरे पास रहेगी?"

सुशीतल इस बात पर चुप रहा।

फिर कुछ सोचकर बोला, "तो फिर आप लोगों ने मुझे डाक्टरी पढ़ाई ही क्यों? पहले ही मना कर सकते थे।"

पिता धीमे से बोले, "ठीक है, तुम्हारा जाना जरूरी है तो जाओ। जिसमें तुम्हारी भलाई हो, उसमें मैं बाधा क्यों दूंगा। हम लोग तो यह सब ठीक-ठीक समझते नहीं। फिर भी जितनी जल्दी हो, लौट आना।"

पिता की अनुमति पाकर सुशीतल जैसे बच गया।

वह उसी दिन जाने की तैयारी करने लगा।

15

मैंने पूछा, "उसके बाद?"

कांति बाबू बोलने लगे, "डाक्टर बैनर्जी ने मुझे बताया— 'कलकत्ता जाने की अनुमति पाकर मैं जैसे बच गया। मुक्त हो गया। इस तरह की एक मृगी-रोगिणी के साथ से मेरी रक्षा हुई।"

सुशीतल कलकत्ता आते ही, उसी दिन श्याम बाजार के कॉफी हाउस में जा पहुंचा। शाम के तीन बजे वह कॉफी हाउस पहुंच गया था।

दुकान के मालिक से पूछा उसने, "मेरे साथ एक युवती पहले राज यहां आती थी, हम दोनों उस केबिन में बैठकर कॉफी, काजू-बादाम खाते, कई-कई घंटे तक बातें करते, आपको याद है?"

दुकानदार बोला, "खूब याद है।"

"तो क्या वे अब भी यहां आती हैं?"

दुकानदार बोला, "ना, आजकल नहीं आतीं। कुछ दिन आगे तक, प्रायः पन्द्रह दिनों तक वे रोज आती रहीं। अकेली होतीं। उसके बाद फिर उन्होंने आना बंद कर दिया। उसके बाद से फिर कभी नहीं आई।"

सुशीतल और नहीं रुका वहां। एक टैक्सी पकड़कर वह सीधा पहुंचा मिस नायर के होस्टल। लड़कियों के होस्टल में बहुत कड़ाई रखी जाती है। विशेष रूप से मिस नायर के होस्टल में। पहले दरबान को स्लिप देना पड़ता है। वह स्लिप वांछित व्यक्ति तक पहुंचने पर वह नीचे विजिटर्स रूम में आकर मिलेगा या नहीं मिलेगा।

यही था यहां का नियम।

सुशीतल टैक्सी से उतरा। भाड़ा चुकाया और टैक्सी के चले जाने पर उसने दरबान को मिस अलका नायर के नाम एक स्लिप लिखकर दे दिया।

और आश्चर्य। साथ ही साथ मिस नायर सीढ़ियों से नाचती-सी नीचे आ खड़ी हुई।

बोली, "अरे! तुम? अंत में तुम आ ही गए? मैंने तो तुम्हारी उम्मीद ही छोड़ दी थी। उसके बाद सोचती रही कि शायद बीमार पड़ गए होगे। लगता है, मेरा भय ठीक ही था?"

"क्यों?"

''तुम्हारा चेहरा तो एकदम बदल गया है। कितने दुबले हो गए हो तुम! क्या हो गया था तुम्हें? मलेरिया?"

सुशीतल बोला, "नहीं, उससे भी खराब रोग।"

"मतलब?"

सुशीतल बोला, "वह सब यहां नहीं बताऊंगा। यहां वह सब नहीं कहा जा सकता। चलो, उसी कॉफी हाउस में चलें। अपने पुराने ठौर पर। चलो, एक टैक्सी पकड़ लें।"

टैक्सी करके दोनों फिर उसी कॉफी हाउस के अपने निश्चित केबिन में पहुंचे।

रास्ते में मिस नायर ने कहा था, "तुम कैसे आदमी हो, बोलो तो। अपनी खबर तक नहीं दे सके?"

सुशीतल बोला, "तुम सोच भी नहीं सकतीं कि मैं किस विपत्ति में फंस गया था।"

"तो मेरे पास एक चिट्ठी लिखकर खबर तो दे सकते थे! मैं पन्द्रह दिनों तक रोज तीन बजे कॉफी हाउस में जाकर बैठती रही। अंत में क्या करूं, यह समझ में ही नहीं आ रहा था। उसके बाद से ही मैंने आना बंद कर दिया था।"

"रिजल्ट कब निकलेगा?"

मिस नायर बोली, "वह सब मैंने कभी सोचा ही नहीं।"

सुशंतिल बोला, "तुम्हें तो इस बार गोल्ड मेडल जरूर ही मिलेगा।"

मिस नायर बोली, "वह मिला तो मिल जाएगा, नहीं तो नहीं। किंतु मैं तुम्हारी बुद्धि के बारे में सोचकर चकित हूं। तुम क्या सोचकर इतने दिनों तक अपने गांव में रह गए? गांव में तुम्हारा कौन है?"

तब तक टैक्सी कॉफी हाउस के सामने आकर रुक गई थी। सुशीतल ने टैक्सी से उतरकर भाड़ा दे दिया।

उसके बाद वे सीधे अपने निश्चित केबिन में आकर बैठ गए—आमने-सामने।

बेयरा पाकर कॉफी और काज-बादाम रख गया।

सुशीतल समझ नहीं पा रहा था कि किस तरह वह अपनी बात कहेगा। कैसे समझाएगा कि गांव में जाकर वह किस विकट स्थिति में पड़ गया था। उसे तो बिल्कुल ही पता नहीं था कि उसके पिता इस तरह बलात् उसकी शादी कर देंगे। मिस नायर को यह सब वह किस तरह बताएगा?

मिस नायर बोली, "क्यों, चुप क्यों हो? बताओ न, क्या हुआ था तुम्हें?"

सुशीतल का चेहरा एकदम रुआंसा हो उठा।

बोला, "जानती हो अलका, मैं जिस दिन गांव पहुंचा, उसी दिन मेरा सर्वनाश हो गया।"

"सर्वनाश? सर्वनाश कैसा?"

"पिता ने मेरी शादी कर दी।"

अलका चौंक पड़ी, "शादी? तुम्हारी शादी हो गई है?"

"हां, मैं कल्पना भी नहीं कर पाया था। पिता के एक घनिष्ठ मित्र की लड़की के साथ।"

मिस नायर के मुंह से तब कोई शब्द नहीं निकला।

सुशीतल कहता रहा, "मैं सुनते ही भागा आ रहा था। स्टेशन तक भी गया था, किन्तु अचानक ही मुश्किल आ गई। पिता मिठाई का आर्डर देने रेल बाजार आए थे, मुझे वहां देखते ही पकड़ ले गए। फिर

सबने मुझपर पहरा देना शुरू कर दिया, जिससे मैं फिर कहीं भाग न जाऊं। उसके बाद एक लड़की से मेरी शादी कर दी। हताश होकर मैंने भाग्य के हाथों अपने को छोड़ दिया।"

"तुम्हारी शादी सचमुच हो गई? मैं तुम्हें एक बार याद भी न पड़ी? तुमने तो मुझे वचन दिया था! कालीघाट में देवी के सामने प्रतिज्ञा की थी! सब भूल गए?"

सुशीतल ने मिस नायर के दोनों हाथों को अपनी हथेलियों के बीच जकड़ लिया, फिर बोला, "विश्वास करो, सबने मिलकर मुझे धोखा दिया है!"

"धोखा? धोखो कैसा?"

"लड़की एपिलेप्टिक पेशेंट है, मृगी रोगी। प्रायः ही अचेत हो जाती है। और साथ ही एक्जमा भी है। मैंने उसी लड़की से शादी की है। मेरे पिता ने ही मेरा सर्वनाश कर दिया।"।

मिस नायर उठकर खड़ी हो गई। उसका कॉफी का प्याला अभी भी खाली नहीं हुआ था। खाने-पीने की तरफ तब उसका ध्यान ही नहीं था। क्रोध में जिस तरह आदमी निर्वाक हो जाता है, उसकी हालत भी उसी तरह थी।

"अलका, सुनो। सुनो अलका!"

पर कौन सुनता है उसकी बात?

मिस नायर, बिना कोई जवाब दिए, रास्ते पर आ खड़ी हुई।

सुशीतल जब कॉफी का पैसा देकर बाहर निकला, उसने देखा, अलका कहीं भी नहीं थी। क्षण भर में ही वह अदृश्य हो गई थी। शायद कोई टैक्सी पकड़कर वह चली गई थी।

16

पूछा मैंने, ''उसके बाद?''

कांति चट्टोपाध्याय बोले, "उसके बाद कितनी ही बार सुशीतल उसके होस्टल गया, दरबान के हाथ से स्लिप भेजा, पर अलका नायर ने फिर कभी उससे मुलाकात नहीं की।"

जिस दिन परीक्षा-फल निकला, सुशीतल ने देखा, उसने बड़ी मुश्किल से किसी तरह पास भर किया है। जबकि मिस नायर को 'ड्यूक आफ एडिनवरा' प्राइज के साथ ही 'मैकलाड गोल्ड मेडल' भी मिला था।

उसके बाद से रोज सुबह से ही सुशीतल उसके होस्टल के सामने जाकर खड़ा हो जाता। दूसरी तरफ के फुटपाथ पर खड़ा रहता, इस उम्मीद में कि अगर कभी मिस नायर रास्ते में निकले तो वह जाकर उसे पकड़ लेगा। कहेगा, 'एक बार क्षमा करो मुझे। मैं अपनी पत्नी को त्याग दूंगा। तुम मुझे वचन दो, मुझे एक और मौका दो···'

पर मिस नायर एक बार भी बाहर नहीं निकली।

एक दिन सुशीतल ने सोचा, विष खा लेगा। कालेज के लेबोरेटरी में कई तरह के जहर रखे रहते हैं। वह विष ले आएगा और मिस नायर के होस्टल के सामने के फुटपाथ पर खड़ा होकर खा लेगा। और फिर भोर में, जब उसके मृत शरीर को देखकर लोग हो-हल्ला मचाएंगे, तब पुलिस आएगी—पर नहीं, इतना साहस सुशीतल नहीं कर पाया। विष

खाने से अधिक कठिन है, विष खाकर कष्ट सहना।

वह कई दिनों तक प्रतीक्षा करने के बाद एक दिन एक बार में जाकर शराब पीने बैठ गया। पिता के सामने उसने प्रतिज्ञा की थी कि शराब नहीं पिएगा, पर वह उस प्रतिज्ञा को तोड़ने बैठ गया।

जब वह बार से निकला, लड़खड़ा रहा था। लड़खड़ाते-लड़खड़ाते ही वह रास्ते पर चलने लगा।

उसे देखकर एक आदमी ने कहा, "साला! सब शराबी इस कलकत्ता में ही आ जुटे हैं। कलकत्ता जैसे शराबियों का अड्डा हो गया है।"

उसने भी अस्पष्ट-सा सब सुना। उसके बाद लज्जित होकर एक टैक्सी पकड़कर वह किसी तरह अपने होस्टल पहुंचा।

दूसरे दिन जब वह सोकर उठा, बसंत उसके सामने था।

बोला, "तुमने कल शराब पी थी?"

सुशीतल बोला, "कैसे समझे?"

बसंत ने कहा, "तुझे पकड़कर हम सब ऊपर लाए। तू ने तो पहले कभी शराब नहीं पी, फिर अचानक तुझे इस रास्ते पर कौन ले गया?"

और एक दिन की बात है। वह शराब पीकर रास्ते में लुढ़का पड़ा था और पुलिस उसे उठाकर थाने ले गई। उसके बाद दूसरे दिन उसे छोड़ा गया।

बसंत ने पूछा, "क्यों, कल सारी रात कहां रहे?"

सुशीतल कुछ बोला नहीं। अपना अपराध स्वीकार करते हुए वह शर्मिंदा हो उठा।

उसके बाद वह शराब की एक बोतल खरीदकर होस्टल में ही ले आया। जब उसने देखा कि शाम को कोई होस्टल में नहीं है, सभी बाहर घूमने निकले हैं, उसने बोतल ली लिया। उसके बाद उसने धीरे-धीरे बोतल को खाली कर दिया।

बसंत ने वापस आकर देखा, सुशीतल शराब पीकर उसके बिस्तर पर सोया पड़ा है और सामने ही एक बोतल लुढ़ की पड़ी है।

दूसरे दिन बसंत ने सुशीतल के गांव पर एक चिट्ठी लिखकर डाल दी, सुशीतल बहुत ही बीमार है, पत्र पाते ही कोई आ जाए।

दो दिन बाद ही बेनीमाधव आ हाजिर हुआ।

सुशीतल का चेहरा देखकर वह चौंक पड़ा। पूछा उसने, "यह क्या चेहरा हो गया आपका छोटे बाबू? क्या रोग है आपको?"

सौभाग्य से उस वक्त बसंत होस्टल में नहीं था। इसलिए शराब की बात वह नहीं जान पाया।

बोला, "चलिए छोटे बाबू, आप मेरे साथ गांव चलिए। आपकी चिट्ठी पाकर घर पर सभी चिंतित हैं। आने के बाद आपने एक चिट्ठी तक नहीं दिया।"

सुशीतल ने पूछा, "पिताजी कैसे हैं?"

"बड़े मालिक ठीक हैं, बहूरानी बीमार हैं।"

"बीमार हैं? क्या बीमारी है?"

"वे प्रायः ही अचेत हो जाती हैं।"

सुशीतल बोला, 'तुम अब जाओ बेनी दा, मैं अपना काम खत्म करके ही गांव आ जाऊंगा।"

बेनीमाधव लौट गया। सुशीतल ने उसे और कुछ बोलने का मौका ही नहीं दिया। जीवन के शुरुआत में ही जब उसे इस तरह छला गया, तो वह भला अब किसीकी बात क्यों सोचे? शायद एक महीना भी वह करीमगंज में नहीं रहा होगा, पर इसी बीच उसका सर्वनाश हो गया। प्रतिदिन ही वह जगते ही, मिस नायर के होस्टल के सामने के फुटपाथ पर जाकर खड़ा हो जाता—सिर्फ मिस नायर को एक बार देख भर लेने के लिए। सिर्फ देखना चाहता है, और कुछ भी नहीं। उसके बाद शाम को वह अपने होस्टल में लौट आता। आते ही बोतल खोलता, खाली 'पेट में शराब ढालकर वह अपने मन को शांति देने की कोशिश करता।

17

पूछा मैंने, "उसके बाद ?"

कहानी सुनते-सुनाते काफी रात हो गई थी, किन्तु कांति बाबू थके नहीं थे। बोलते ही जा रहे थे।

बोले, "अगर दोनों की सारी बातें इसी तरह सुनाता रहूं तो पता नहीं कितनी रातें गुजर जाएंगी। इससे अच्छा है, थोड़े में ही आपको सुना दूं। अगर आप कभी डाक्टर बैनर्जी के जीवन को लेकर कोई कहानी लिखें तो अपनी कल्पना से कुछ बढ़ा लीजिएगा।"

मैंने ही कहा, "ठीक है, ऐसा ही कीजिए।"

कांति बाबू बोलने लगे

एक वर्ष तक सुशीतल कालेज में हाउस फिजिशियन रहा और इस बीच उसने जितनी यंत्रणा सही, उसकी कल्पना नहीं की जा सकती। इसी बीच सुशीतल को एक लड़का पैदा हुआ।

बेनीमाधव यह खबर देने आया था।

बोला, "छोटे बाबू, आज एक बार गांव चलिए, कम से कम अपने बच्चे को एक बार देखने के लिए चलिए।"

सशीतल बोला, "मैं बाद में जाऊंगा, तब तक तुम लोग उसकी देखभाल करो। मुझे अभी छुट्टी नहीं मिलेगी। काम बहुत है।"

अस्पताल के काम के बीच भी छुट्टी न मिले, ऐसी बात नहीं थी, पर कोई बहाना तो चाहिए था। इसलिए काम की बात करके वह टाल

जाना चाहता था।

बेनीमाधव बोला, "बड़े मालिक बहुत खुश हुए हैं छोटे बाबू। दिन-रात उसे गोदी में लिए फिरते हैं। वंश में पहली सन्तान है न! बहुत ही प्यार-दुलार से रखते हैं अपने पोता को। एक मिनट को भी उसे अपने से अलग नहीं करना चाहते। मुझे जोर करके ही भेजा है आपके पास। और यह लीजिए, कुछ रुपये, मालिक ने आपके लिए भेजा है।"

प्रायः पांच सौ रुपये पिता ने भेजे हैं। रुपया ले लिया उसने। रुपये की भी तो जरूरत है उसे।

एक वर्ष और कुछ दिन बाद।

मिस नायर के होस्टल में जाकर उसे पता लगा कि मिस नायर को इलाहाबाद में नौकरी मिल गई है और वह जल्द ही वहां चली जानेवाली है।

उसी दिन वह होस्टल छोड़कर अन्य दिनों की तरह लौटा नहीं। चुपचाप विजिटर्स रूम में बैठा रहा। मिस नायर की बिना कोई खबर लिए, बिना उससे मिले, वह किसी भी तरह नहीं लौटेगा।

किन्तु पहले की तरह ही ऊपर से खबर आई, 'मुलाकात नहीं होगी।'

सुशीतल नियमतः लौट आया।

किन्तु जिस दिन मिस नायर इलाहाबाद जानेवाली थी, जिस ट्रेन से जानेवाली थी, उसी प्लेटफार्म पर जाकर वह खड़ा हो गया। बम्बई मेल प्लेटफार्म पर आकर खड़ी हुई। दूर से ही उसने देखा, मिस नायर कुली के सिर पर बक्सा-बिस्तर रखे चली आ रही है। वह अपने रिजर्व कंपार्टमेंट में चढ़ गई।

सुशीतल जंगले के पास जाकर खड़ा हो गया।

मिस नायर की आंखों में कठोरता नाच उठी।

बोली, "तुम फिर आ गए? स्काउण्ड्रल कहीं के!"

सुशीतल अपराधी की तरह बोला, "किन्तु अलका, तुमसे मुझे बहुत -

सी बातें करनी हैं।"

मिस नायर बोली, "नहीं, अब हमारा-तुम्हारा कोई संपर्क नहीं रहा।"

"पर एक बात नहीं सुनोगी? इतनी कठोर हो तुम? तुम्हारे लिए मैं अपनी पत्नी से फिर मिला तक नहीं। गांव भी नहीं गया, यह तुम्हें पता है?"

मिस नायर बोली, "तुम यहां से चले जाओ। तुम्हें यहां आने के लिए किसने कहा था? तुम आए क्यों?"

"सिर्फ तुमसे एक बात कहने।"

"तुमसे और कोई बात नहीं हो सकती। तुमने मेरा जीवन नष्ट कर दिया।"

"पर तुम्हारे लिए मैंने अपना जीवन भी तो नष्ट किया है, यह क्या तुम जानती हो?"

"तुम्हारा जीवन नष्ट हुआ हो तो मेरा क्या? तुम मेरे कौन हो?"

"पर क्या तुम मेरी मौत चाहती हो?"

मिस नायर बोली, "तुम अब मेरे लिए डेड हो, तुम मेरे कोई नहीं हो। तुम मरो या बचो, इससे मुझे कोई मतलब नहीं।"

"विश्वास करो अलका, आजकल मैं शराब पीता हूं। शराब पीने पर मुझे सिर्फ तुम याद आती हो।"

"तुम शराब पियो, गांजा-भांग खानो या जहन्नुम में जाओ, मुझे क्या?"

"पर क्या तुम मुझे क्षमा नहीं कर सकती हो? मुझे एक मौका और नहीं दे सकती हो? तब मैं फिर एक बार जीने की कोशिश करता।"

मिस नायर बोली, "कहा तो मैंने, तुम मरो या बचो, इससे मेरा कुछ बनता-बिगड़ता नहीं। तुम मेरे सामने से चले जाओ, तुम्हारा चेहरा तक मैं नहीं देखना चाहती।"

"सिर्फ एक बार, सिर्फ एक बार तुम मुझे और चांस दो।"

मिस नायर इस बार क्रोधित हो उठी।

बोली, "अब नहीं गए तो मैं पुलिस बुलाऊंगी।"

सुशीतल बोला, "उसे ही बुलाओ। पुलिस मुझे जेल में डाल दे। मैं तुम्हारे लिए सभी दंड भुगतने को तैयार हूं। तुम चाहो तो मुझे बेंत भी मार सकती हो, मेरा गला भी दबा सकती हो—मुझे शिक्षा मिलनी ही चाहिए।"

अचानक ट्रेन की सीटी बज उठी। ट्रेन चलने-चलने को थी। सुशीतल ने एक हाथ बढ़ाकर मिस नायर का हाथ पकड़ना चाहा। मिस नायर ने एक झटके से अपना हाथ छुड़ा लिया।

ट्रेन चलने लगी थी। सुशीतल ट्रेन के साथ-साथ दौड़ने लगा। साथ ही बोलता रहा, "अलका, मेरी बात याद रखना 'मुझे क्षमा करना… मैंने अन्याय किया है…मुझे भूल मत जाना…"

किन्तु ट्रेन की गति बढ़ जाने से वह और दौड़ नहीं पाया। वह रुक गया और खड़ा-खड़ा देखता रहा, चारों तरफ के अंधकार में सिर्फ एक लाल बिन्दु धीरे-धीरे अदृश्य होता जा रहा था। जितनी देर तक वह लाल बिन्दु दिखता रहा, वह प्लेटफार्म पर खड़ा-खड़ा उधर ही देखता रहा।

18

कान्ति बाबू बोलते रहे, " इसके बाद से डाक्टर बैनर्जी एकदम बदलकर दूसरा ही आदमी हो गए। तब से शराब पीना भी और बढ़ गया। उसके बाद से पिता की चिट्ठियों का उत्तर भी उन्होंने नहीं दिया। करीमगंज से उनका सम्पर्क टूट-सा ही गया।

"एक वर्ष बाद जब अस्पताल से उनका सम्बन्ध खत्म हुआ, वे गांव न जाकर सीधे इलाहाबाद पहुंचे। जिस अस्पताल में मिस नायर काम करती थी, वहां गए। वहां भी जाकर उन्होंने स्लिप भेजा पर मुलाकात नहीं हुई।

"सुशीतल ने इलाहाबाद में एक घर किराये पर ले लिया। उसी घर में उसने प्रैक्टिस शुरू की। सिर्फ एक बार अलका से मुलाकात करना ही उसका उद्देश्य रह गया था।

"पर तब भी मुलाकात नहीं हुई। अस्पताल के पास ही डाक्टरों का क्वार्टर था। वहीं वह धरना देकर बैठ गया।"

"अलका !"

मिस नायर क्रोधित हो उठी, "तुम यहां भी मेरा पीछा नहीं छोड़ोगे? जाओ, चले जाओ यहां से।"

सुशीतल बोला, "बताओ, तुमने मुझे क्षमा कर दिया है?"

मिस नायर का वही एक उत्तर, "जाओ, चले जाओ यहां से।"

इलाहाबाद में कुछ दिन कट गए। एक-दो रोगी सुबह-शाम आते। उनको देखने के बाद वह अस्पताल के गेट पर जाकर खड़ा हो जाता।

उसे देखते ही दरबान उसे भगा देता, "जाइए बाबूजी, चले जाइए।"

सुशीतल कहता, "तुम एक बार डाक्टर मिस नायर को खबर दो दरबानजी।"

दरबान से मिस नायर ने कह दिया था—सुशीतल को देखते ही भगा देना।

पर तब भी सुशीतल किसी तरह के मान-अपमान की चिन्ता नहीं करता था।

कहता, "सिर्फ एक बार तुम कह दो, तुमने मुझे क्षमा किया है?"

इलाहाबाद के अन्य व्यक्ति भी कहते, "आप वहां जाते क्यों है डाक्टर बैनर्जी? वह आपका अपमान करती है और तब भी आप बार-बार उसके पास ही क्यों जाते हैं?"

सुशीतल कहता, "डाक्टर मिस नायर मेरा अपमान करे, यही मैं चाहता हूं। उससे मुझे बहुत-सी बातें कहनी हैं। वह सिर्फ एक बार मुझसे बात करे, मैं यही चाहता हूं, और कुछ नहीं।"

अस्पताल के अन्य डाक्टर मिस नायर से कहते, "इतनी उम्र का एक डाक्टर आपसे मिलना चाहता है और आप उससे इतना खराब व्यवहार करती हैं?"

मिस नायर कहती, "वह पागल है, मैं पागल से क्या बात करूंगी?"

गांव से खबर आई, पिता का निधन हो गया है। घर पर कोई नहीं है। बेनीमाधव को कलकत्ता में सुशीतल के किसी मित्र ने उसका पता दे दिया था। सुशीतल ने उस चिटठी का कोई उत्तर नहीं दिया।

सिर्फ पिता की ही नहीं, बल्कि उसकी पत्नी की मृत्यु की खबर भी बेनीमाधव ने दी है। उसने उसका भी कोई उत्तर नहीं दिया।

इसी तरह इलाहाबाद में सुशीतल का समय कटता रहा।

कभी-कभी गांव में अपने बेटे के नाम वह मनीआर्डर भेज देता। उसे

अपने लिए अब अधिक रुपयों की जरूरत भी नहीं थी।

दुखहरन बाबू ने उसके बेटे का भार अपने कन्धों पर उठा लिया था।

वे समझ रहे थे कि अब दामाद लौटकर नहीं आएगा। लड़के को उन्होंने स्कूल में भर्ती करवा दिया था।

हरिश्चन्द्र की सम्पत्ति से भी आमदनी हो रही थी। यह आमदनी बहुत अधिक थी।

उन्होंने अपने नाती को स्कूल में भर्ती करवाते वक्त उसका नाम लिखवाया था—श्रीमान धीमान बंदोपाध्याय। नाना-नाती में कई तरह की गप्पबाजी होती रहती।

नाती पूछता, "नाना, पिताजी घर कब आएंगे?"

दुखहरन बाबू कहते," इस बार की गर्मी की छुट्टियों में तुम्हारे पिता जरूर घर आएंगे।"

धीमान इसी उम्मीद में बैठा रहता। पर गर्मी की छुट्टी खत्म होने के बाद पूजा की छुट्टी भी खत्म हो गई। पर पिता को आते न देखकर उसने फिर नाना से पूछा, "क्यों नाना, पिताजी आए नहीं?"

नाना सांत्वना देते, "इस बार आएंगे। तुम्हारे पिता ने मुझे पत्र लिखकर बताया है, इस बार थोड़ा-सा समय मिलते ही तुम्हारे पिता तुम्हें देखने जरूर आएंगे।"

अन्त में वह जिद पकड़ता।

कहता, "मुझे मेरे पिता के पास ले चलो, मैं अपने पिता के पास जाऊंगा।"

लोग कहते, "क्यों दुखहरन बाबू! आपके दामाद महाशय तो आए ही नहीं? लगता है, अब वह नहीं आएंगे।"

दुखहरन बाबू चुपचाप सब कुछ सहते रहते। अपने अंतिम समय में हरिश्चन्द्र भी बहुत कष्ट सहकर मरे।

मरने से पहले कहते, "जाने से पहले एक बार लड़के से भेंट न हो सकी। बेनीमाधव को एक बार उसके पास भेजो न दुखहरन, एक बार लड़के को खबर कर आए कि मैं बहुत बीमार हूं। मेरी बीमारी की बात

सुनकर वह चुप नहीं बैठा रहेगा।"

पर उन्हें यह नहीं बताया गया था कि उनका लड़का कलकत्ता छोड़-कर एक लड़की के पीछे-पीछे इलाहाबाद चला गया है। ललिता को भी नहीं बताया गया था। गांव के लोग भी नहीं जानते थे।

सिर्फ दुखहरन और बेनीमाधव को पता था।

दुखहरन ने बेनीमाधव से पूछा था, "तुम्हें कैसे पता चला?"

बेनीमाधव ने बताया, "मैं खोजते-खोजते छोटे बाबू के अस्पताल पहुंचा था, वहीं एक डाक्टर ने मुझे उनका पता दिया।"

"उनको ठिकाना कैसे मालूम हुआ?"

बेनीमाधव ने कहा, "वे कह रहे थे, वे दोनों एक ही होस्टल में रहते थे। एक लड़की के लिए उन्होंने अपना जीवन नष्ट कर लिया।"

"लड़की? कौन लड़की?"।

"वह एक मद्रासी लड़की है। शादी के पहले से ही दोनों का परिचय था।"

"सच?"

बेनीमाधव ने एक और खबर दी। बोला, "छोटे बाबू ने खूब शराब पीना शुरू कर दिया है।"

"क्या?"

"उनके वही दोस्त डाक्टर ने मुझे बताया। बोले, 'पहले बहुत अच्छा लड़का था। पर शादी के बाद से ही खूब शराब पीना शुरू कर दिया था। बोतल पर बोतल····' "

दुखहरन ने बेनीमाधव से कहा, "देखो, ये सब बातें तुम किसी और से मत कहना। तुम्हारे मालिक के कानों तक अगर बात पहुंच गई तो फिर उन्हें बचाया नहीं जा सकता।"

हरिश्चन्द्र ने पूछा, "बेनी को कलकत्ता भेजे थे दुखहरन?"

दुखहरन बोले, "हां, भेजा था।"

"तब एक बार बेनीमाधव को मेरे पास भेजो तो।"

बेनीमाधव उनके पास आ खड़ा हुआ।

पूछा उन्होंने, "तुम कलकत्ता गए थे बेनी?"

"जी हां मालिक। आज ही तो सुबह लौटा हूं।"

"सुशीतल कैसा है? डाक्टरी पास करके वह वहां क्या कर रहा है कि यहां आने की उसे एकदम फुरसत नहीं मिलती? खूब व्यस्त है शायद?"

बेनीमाधव को पहले ही सब कुछ समझा-बुझा दिया गया था।

वह बोला, "बहुत अच्छी तरह हैं छोटे बाबू, खूब ठाठ से डाक्टरी कर रहे हैं।"

"खूब ठीक से?"

"जी हां। उनका डाक्टरखाना रोगियों से ठसाठस भरा रहता है। नहाने-खाने तक का समय नहीं है उनके पास।"

"तुमने बताया था कि वह एक बेटे का बाप बन चुका है?"

"जी हां, यह भी कहा था।"

हरिश्चन्द्र बोले, "तो मेरी बीमारी की बात सुनकर भी वह एक बार नहीं आया?"

बेनीमाधव बोला, "आएंगे, वे जरूर आएंगे मालिक! बोले, रोगियों से छुट्टी पाते ही चले आएंगे।"

हरिश्चन्द्र की नाक से एक लम्बी सांस निकल गई।

हताश स्वर में बोले, "खूब आएगा, मेरे मर जाने पर आएगा।"

बेनीमाधव की दोनों आंखें तब भर आई थीं। इतने सारे झूठ बोलते हुए उसे बहुत कष्ट हो रहा था।

उसके बाद हरिश्चन्द्र ने जो कहा था, वही हुआ। उनकी मृत्यु हो गई। अंतिम क्षण तक उनके मुंह से सिर्फ सुशीतल की बात निकल रही थी। मृत्यु के बाद श्मशान में ले जाकर उन्हें जलाया गया। लोगों ने सोचा था, कम से कम पिता के श्राद्ध के अवसर पर लड़का जरूर आएगा। पर वह फिर भी नहीं आया।

सिर्फ हरिश्चन्द्र ही नहीं, ललिता की भी मृत्यु हो गई। सांस और मृगी का रोग उसे बचपन से ही था। उसके ऊपर से पति का अलगाव। मानसिक आघात ही उसके लिए सबसे बड़ा आघात था। अन्त समय में वह अपने बेटे को अपने सामने रखना चाहती, गोदी में लेना चाहती, पर

दुखहरन आपत्ति करते। कहते, "नहीं बेटी, तुमसे सहन नहीं होगा, कष्ट होगा तुम्हें।"

छोटा बच्चा धीमान भी अपनी मां के पास ज्यादा नहीं जाना चाहता। बचपन से ही उसने मां को सिर्फ बिस्तर पर पड़ा हुआ देखा है। जो मां दिन-रात सोई रहेगी, उसके पास कोई बच्चा क्यों जाना चाहेगा?

इसलिए जब मां मर गई तो उसने किसी तरह का अभाव नहीं महसूस किया। वह सिर्फ नाना के साथ-साथ ही रहने लगा था।

उसके बाद दुखहरन ने एक दिन उसे गांव के स्कूल में भर्ती करवा दिया। गांव के बाद अपने पिता की तरह वह पहुंचा कलकत्ता। दुखहरन को डर था कि धीमान भी अपने पिता की तरह शहर में जाकर अपने गांव-घर को भूल जाएगा।

पर नहीं, धीमान कलकत्ता पढ़ने जरूर गया, पर वह हर शनिवार को गांव आता और सोमवार को भोर की ट्रेन से ही कलकत्ता लौट जाता।

दुखहरन बाबू अपने नाती को बताते, "तुम्हारे पिता को भी इसी तरह कलकत्ता पढ़ने के लिए भेजा गया था, किन्तु वे कलकत्ता जाकर बदचलन लोगों की संगति में पड़ गए। देखो, तुम अपने पिता की तरह मत करना। कलकत्ता सर्वनाश करनेवाला शहर है।"

जब उसकी उम्र हुई, उसने अपने पिता के बारे में सब कुछ जाना। एक दिन अचानक ही उसका परिचय उसके पिता के एक मित्र से हो गया। उन महोदय के पुत्र के साथ ही धीमान पढ़ता था।

एक क्लास में पढ़ते हुए जिस प्रकार किसी में भी दोस्ती हो जाती है, उसी प्रकार इन दोनों में भी दोस्ती हो गई थी।

उस लड़के नाम भी अद्‌भुत था—शुभ्र राय।

एक दिन कालेज के बाद धीमान शुभ्र के घर गया।

शुभ्र के पिता ने पूछा, "तुम्हारा क्लासफेलो है?"

शुभ्र बोला, "यह हमारे क्लास का बेस्ट ब्वाय है।"

पिता डाक्टर हैं, शुभ्र भी बाद में डाक्टरी पढ़ेगा। हो सकता है,

धीमान भी पढ़े।

पिता का नाम है बसन्त राय।

पूछा उन्होंने, "तुम्हारा गांव कहां है?"

"करीमगंज। नदीया जिला में एक छोटा-सा गांव है—करीमगंज।"

"करीमगंज? करीमगंज का ही एक दोस्त मेरे साथ पढ़ता था। उन्हें पहचानते हो?"

"क्या नाम है?" धीमान ने पूछा, फिर बोला, "मैंने अपने पिता को नहीं देखा, उनका नाम डाक्टर सुशीतल बैनर्जी है।"

"अरे! तुम सुशीतल के लड़के हो? हम दोनों एकसाथ ही बी॰ एस-सी॰ करने के बाद एम॰ बी॰ बी-एस॰ करने तक एक ही होस्टल में साथ-साथ रहे। तुम उन्हींके लड़के हो? तुम्हारे पिता गांव जाते हैं?"

धीमान बोला, "नहीं, मैंने पिता को कभी नहीं देखा।"

"घर पर तुम्हारा कौन-कौन है?"

धीमान बोला, "मेरे नानाजी हैं, और कोई नहीं।"

"तुम्हारी मां?"

"मां की मृत्यु हो चुकी है। तब मैं बहुत छोटा था। मुझे मां याद नहीं हैं। दादाजी का भी निधन हो चुका है। वे भी मुझे याद नहीं हैं।"

शुभ्र के पिता ने पूछा, "तो नाना के सिवा और कोई नहीं है तुम्हारा?"

"ना।"

"और बेनीमाधव नाम का जो तुम्हारा नौकर कभी-कभी कलकत्ता आता था हालचाल पूछने के लिए, वह जिन्दा है?"

"हां, वे हैं। हमारी जमीन, घर-बार, बगीचे, सम्पत्ति सबकी देख-भाल वही करते हैं। अब वे भी बहुत बूढ़े हो चुके हैं।"

बसंत बाबू ने फिर पूछा, "तुम्हारे पिता तुम्हें चिट्ठी लिखते हैं?"

इस प्रश्न पर धीमान का चेहरा करुण हो पाया। बोला, "नहीं।"

"अपने पिता का पता जानते हो?"

"नहीं।"

बसन्त बाबू बोले, "मुझे एक बार जबलपुर से उन्होंने पत्र लिखा था—अब वह जबलपुर में हैं। तुम्हें पता चाहिए? उन्हें पत्र लिखोगे?"

"लिख सकता हूं।"

और शुभ्र के पिता ने उसे पता बताया था। पता लिखा कागज उसने संभालकर अपनी जेब में रख लिया। जरूरत पड़ी तो वह पिता को पत्र लिखेगा।

बसन्त बाबू ने कहा, "तुम्हारे पिता और मैं होस्टल के एक ही कमरे में रहते थे—बी० एस-सी० से लेकर मेडिकल तक। पर उसे जीवन में इतने आघात मिले थे कि वह सह नहीं पाया। और इसीलिए शेष में उसने ड्रिंक करना शुरू कर दिया था। खूब ड्रिंक करता था। मैं बहुत मना करता, पर उसकी तरह मानसिक अवस्था में शायद मैं भी शराब पीना शुरू कर देता। इसीलिए मैं उसे ज्यादा कुछ कह नहीं पाता था।"

धीमान ने पूछा, "क्या आघात पाए थे वे?"

शुभ्र के पिता ने कहा, "उम्र होने पर वह सब तुम खुद समझ जाओगे। मैं अभी तुम्हें कुछ बताना नहीं चाहता।"

शुभ्र ने कहा, "पिताजी, इसे यूनिवर्सिटी से पचहतर रुपये मासिक की स्कालरशिप मिलती है।"

शुभ्र के पिता बोले, "सुशीतल भी बहुत अच्छा स्टूडेंट था। कभी सेकेंड नहीं हुआ। आदमी का भाग्य उसे कहां ले जाकर पटक देगा, यह आगे से कोई नहीं बता सकता।" उसके बाद कुछ देर रुककर उन्होंने पूछा, "बड़ा होकर तुम किस लाइन में जानोगे?"

धीमान बोला, "मैं स्विट्जरलैंड जाकर कैंसर के बारे में रिसर्च करूंगा। यही मेरा एम्बीशन है। हमारे होस्टल का एक लड़का अभी स्विट्जरलैंड में है, उसने मुझे पत्र लिखा है कि वहां पढ़ाई-लिखाई खूब अच्छी होती है। पर इसमें रुपया बहुत लगता है।"

"कितना?"

धीमान बोला, "प्रायः साठ-पैंसठ हजार रुपये। इतना रुपया हमारे पास नहीं है।"

"पर मैंने तो सुशीतल से सुना था कि गांव में तुम्हारी बहुत बड़ी जमींदारी है?"

धीमान बोला, "हां; पर वह सब तो जमीन-जगह, बाग-बगीचे हैं। नकद रुपया ज्यादा नहीं है। जमीन-जायदाद अगर बेच भी दिया जाए तो मुश्किल से बीस-पच्चीस हजार मिलेगा। पर चालीस-पचास हजार और चाहिए, वह कहां से पाएगा?"

शुभ्र के पिता बोले, "तुम्हारे पिता इतना रुपया तुम्हें दे सकते हैं। पर तुम्हारे पिता तो मन लगाकर कभी प्रैक्टिस ही नहीं करते। पहले वह इलाहाबाद गए, वहां उनकी प्रैक्टिस अच्छी जम गई थी पर अचानक वहां से सब छोड़-छाड़कर वह जबलपुर भाग गए।"

"जबलपुर क्यों गए?"

"वह एक और कहानी है। तुम जबलपुर कभी जाकर पिता के मुंह से ही सुनना। मैं खुद सब कुछ नहीं जानता। और वह सब मैं तुमसे कहना भी नहीं चाहता।"

धीमान बोला, "पहले डाक्टरी पास कर लूं, उसके बाद पिता के पास जाऊंगा। मेरा रिजल्ट कैसा होगा, इसीपर मेरा भविष्य निर्भर कर रहा है। तब पिता से रुपया मांगूंगा। पता नहीं वे इतना रुपया दे भी पाएंगे या नहीं। एक बात और है। पिता ने मुझसे अपना सम्पर्क क्यों तोड़ लिया, बहुत सोचने पर भी यह मैं समझ नहीं पाया हूं।"

"तुम्हारे पिता तुम्हारी कोई खबर नहीं रखते?"

धीमान बोला, 'मैंने तो आज तक कभी पिता को देखा ही नहीं। पिता शायद यह भी नहीं जानते होंगे कि मैं जिन्दा हूं या मर गया। मैंने पिता के लिए ऐसा कौन-सा अपराध किया है, यह मैं समझ नहीं पाता हूं।"

शुभ्र के पिता बोले, "इसके मूल में एक स्त्री है—एक मलयाली स्त्री। वह बहुत अच्छी स्टूडेंट थी। 'ड्यूक ऑफ एडिनवरा' स्कालरशिप उन्हें मिला था और 'मैकलाड गोल्ड मेडल' भी उन्हें हमारे समय में ही मिला था। आजकल वह जबलपुर अस्पताल में एक प्रसिद्ध लेडी-सर्जन हैं।"।

धीमान बोला, "अगर मैं अपने घर से ही रुपयों का बन्दोबस्त कर सका तो फिर पिता के सामने जाकर हाथ नहीं फैलाऊंगा।"

19

पूछा मैंने, "उसके बाद ?"

कांति चट्टोपाध्याय बोले, "उसके बाद शराब पीते-पीते डाक्टर बैनर्जी के लीवर में अल्सर हो गया। बहुत सारी दवाइयां और टानिक खाते रहे डाक्टर बैनर्जी। और अन्त में वे कहां रोगियों को देखेंगे, खुद ही एक रोगी बन गए। बाद में इतना दर्द होने लगा था कि वे व्यथा से छटपट-छटपर करते रहते। दर्द के मारे हर वक्त पेट दबाए रखना पड़ता उन्हें।

मैंने एक दिन डाक्टर बैनर्जी से कहा, 'डाक्टर, मिस नायर को एक बार दिखाएंगे ?'

डाक्टर बैनर्जी ने कहा, 'डाक्टर मिस नायर मुझे नहीं देखेंगी।'

मैंने कहा, 'मैं उनसे एक बार कहकर देखता हूं।'

और एक दिन अस्पताल जाकर मैंने डाक्टर मिस नायर को डाक्टर सुशीतल के बारे में सब कुछ बताया। सुनकर उनका चेहरा गम्भीर हो गया। वे किसी तरह तैयार नहीं हुई।

बोलीं, 'यहां तो और भी बहुत-से सर्जन हैं, उनसे दिखाने को कहिए न।'

मैं बोला, 'नहीं, उनकी इच्छा है कि आप ही उन्हें देखें।'

अन्त में शायद मन में दया उपजी। बोली, "अच्छा, पहले एक्स-रे रिपोर्ट ले आइए, फिर देखा जाएगा।'

मैंने डाक्टर बैनर्जी का एक्स-रे करवाया। प्लेट ले जाकर डाक्टर मिस नायर को मैंने दिखाया। वे देखकर चौंक पड़ी।

बोली, 'यह तो अल्सर हो गया है और अब बहुत देर हो चुकी है।'

मैं बोला, 'अब मैं क्या करूं, यही बता दीजिए।'

वे बोलीं, 'आपरेशन छोड़कर और कोई उपाय नहीं है।'

'तो फिर दया करके आप ही यह आपरेशन कीजिए न।'

डाक्टर मिस नायर क्रोधित हो उठीं।

बोलीं, 'मैं उसका आपरेशन नहीं करूंगी।'

मैं बोला, 'आपपर उनका बहुत विश्वास है। आप अगर आपरेशन नहीं करेंगी तो शायद उनकी मृत्यु हो जाएगी।

मिस नायर बोलीं, 'वे मरें या बचें, इससे मुझे क्या?'

'आप क्या चाहती हैं कि वे मर जाएं?'

डाक्टर मिस नायर बोलीं, 'हां, मैं चाहती हूं कि वे मर जाएं। शराब वे पिएंगे और ठीक करने के लिए मैं हूँ?'

मैं बोला, 'आपके सिवा उनका और कोई है भी तो नहीं।'

डाक्टर मिस नायर बोलीं, 'इस तरह के आदमी का कोई न हो, यही अच्छा है।'

'आपको शायद पता नहीं है कि उनके पिता की मृत्यु हो चुकी है और पत्नी का भी निधन हो चुका है। एकमात्र एक लड़का है पर वह भी अभी डाक्टरी पढ़ रहा है और अभी स्टूडेंट है। आपके सिवा उनकी कोई गति नहीं है।'

बहुत अनुनय-विनय करने के पश्चात् मिस नायर आपरेशन करने के लिए तैयार हुई।

मैं ही एक दिन डाक्टर बैनर्जी को एम्बुलेंस में डालकर अस्पताल ले गया। वहां सर्जिकल वार्ड में उन्हें भर्ती करवा दिया। फिर डाक्टर मिस नायर को मैंने खबर दे दी। वे डाक्टर बैनर्जी को देखने आई।

डाक्टर बैनर्जी ने बहुत दिनों बाद मिस नायर को देखा था।

बोले, 'मुझे बचा लीजिए मिस नायर, मैं और कभी शराब नहीं पिऊंगा।'

इस बात का कोई उत्तर डाक्टर मिस नायर ने नहीं दिया।

और भी कई बातें डाक्टर बैनर्जी कहते रहे, पर किसी भी बात का उत्तर मिस नायर ने नहीं दिया।

दूसरे दिन सुबह ग्यारह बजे आपरेशन होनेवाला था।

मैं सुबह से वहां जाकर खड़ा हो गया। स्ट्रेचर पर डाक्टर बैनर्जी को डालकर आपरेशन-थियेटर में ले जाया गया।

मैं बाहर प्रतीक्षा करता रहा। दोपहर के बारह बज गए। एक बजा···दो बजे···तीन···चार···

ठीक पांच बजे उन्हें अज्ञान-अचेत अवस्था में स्ट्रेचर पर डालकर आपरेशन-थियेटर से बाहर लाया गया और केबिन में लाकर बिस्तर पर सुला दिया गया।

मैंने डाक्टर मिस नायर से पूछा, 'आपरेशन कैसा रहा डाक्टर नायर?'

मैंने देखा, डाक्टर मिस नायर पसीने से नहा उठी थीं। उन्हें अत्यधिक परिश्रम करना पड़ा था। सारा दिन बिना भोजन-पानी के ही बीत गया था। जिस आदमी के साथ एक दिन उन्होंने कुत्ते-बिल्ली की तरह व्यवहार किया था, उसीको मौत के मुंह से बचा लेने के लिए उन्हें कितनी मानसिक दृढ़ता दिखलानी पड़ी होगी, यह बात उनको देखकर ही मैं समझ रहा था।

फिर पूछा मैंने, 'डाक्टर बैनर्जी बच जाएंगे न?'

मिस नायर बोलीं, 'उनसे कह दीजिएगा, अब से कुछ सावधान रहें, ड्रिंक एकदम बन्द कर दें।

मैं बोला, 'पर मेरी बात तो वे एकदम सुनना ही नहीं चाहते। आपके लिए उनके मन में बहुत आदर है।'

मेरी बात के उत्तर में मिस नायर बोलीं, 'उनके साथ मेरा कोई सम्पर्क नहीं है। मैंने सिर्फ अपनी ड्यूटी की है।' कहकर ही वे चली गई। एक मिनट के लिए भी नहीं रुकी फिर।

उसके बाद प्रायः पांच सप्ताह तक डाक्टर बैनर्जी अस्पताल में रहे, पर इस बीच एक मिनट के लिए भी डाक्टर मिस नायर उन्हें देखने नहीं आई!

उसके बाद रिपोर्ट देखकर जिस दिन उन्होंने रोगी को घर ले जाने के लिए कहा, उस दिन मैं उन्हें घर ले आया।

मैंने कहा, 'डाक्टर मिस नायर ने आपको ड्रिंक के लिए मना किया है।'

डाक्टर बैनर्जी बोले, 'पर आपरेशन के बाद तो एक बार भी वे मुझे देखने के लिए नहीं आईं।'

'आपने मिस नायर के साथ जिस तरह का व्यवहार किया है, उसके बाद भी वे आपका आपरेशन करने के लिए खुद तैयार हुईं, यही बहुत बड़ी बात है। दूसरी कोई लड़की होती तो यह भी न करती।'

मेरी बात सुनकर डाक्टर बैनर्जी की आंखों से आंसुओं की धारा बह चली।

बोले, 'मेरे लिए यही दण्ड उचित था। पर मैंने क्षमा भी तो मांगी थी। मैं उसे और किस तरह समझाऊं कि मैं भाग्य के हाथों का खिलौना मात्र बनकर रह गया हूं, और कुछ भी नहीं! मेरा अन्याय क्या इतना बड़ा है कि उसके लिए क्षमा न किया जाए? मैं इतना शराब किसके कारण पीता हूं? किसके लिए मैंने इस तरह अपना जीवन नष्ट किया है?'

मिस नायर कितनी बड़ी सर्जन थीं, इसका पता कुछ दिनों बाद ही चल गया। डाक्टर बैनर्जी बहुत जल्द ही ठीक हो गए। मिस नायर ने जो दवा-टानिक लिख दिया था, उसे वे खाते रहे। नियमपूर्वक जीवन-यापन भी करने लगे। पेट का दर्द कम हो गया। ठीक समय से सोना, ठीक समय से खाना। देखते-देखते ही डाक्टर बैनर्जी का चेहरा बदल गया। डाक्टर बैनर्जी के चेम्बर में फिर से रोगियों की भीड़ बढ़ने लगी।

मैं तब नया-नया ही वकील हुआ था। इसलिए मेरे घर पर मुवक्किलों की ज्यादा भीड़ नहीं रहती थी। जो एक-दो लोग आते भी, उनके छोटे-मोटे मामले होते। उनके लिए मुझे ज्यादा परिश्रम नहीं करना पड़ता। समय मिलते ही मैं डाक्टर बैनर्जी के घर पहुंच जाता।

मैं पूछता, 'कैसे हैं?'

डाक्टर बैनर्जी बहुत खुश दिखते। कहते, 'अच्छा हूं, पहले से बहुत अच्छा हूं।'

फिर पूछता मैं, 'मिस नायर ने जो टानिक दिया था, वह सब

नियम से खा रहे हैं न?'

हां। मिस नायर के कारण ही इस बार बच गया। मुझे लगता है, मिस नायर को जाकर धन्यवाद दे पाना चाहिए मुझे।'

मैं कहता, 'जाएंगे? यदि कहें तो मैं साथ चल सकता हूं।'

डाक्टर बैनर्जी कहते, 'नहीं, आपको साथ नहीं ले जाऊंगा। मैं अकेला ही जाऊंगा।'

मैं कहता, 'तो फिर एक दिन चले जाइए।'

इसके बाद बहुत दिनों तक मुझे कुछ पता नहीं चला। एक दिन शाम के समय मैं डाक्टर बैनर्जी के पास गया तो वे गंभीर चेहरा लिए बैठे थे।

पूछा मैंने, 'क्या हुआ? आज फिर शरीर खराब है न क्या?'

डाक्टर बैनर्जी बोले, 'नहीं, मैं मिस नायर के पास गया था।'

उसके बाद डाक्टर बैनर्जी ने सब कुछ बताया।

बहुत ही मर्मभेदी था वह सब कुछ। डाक्टर बैनर्जी उस दिन अस्पताल गए थे। मिस नायर तब आउट-डोर रोगियों को देख रही थीं। एक-एक करके वे सबको देख रही थीं। सुशीतल सबसे पहले ही मिस नायर के चेम्बर में जा घुसा।

मिस नायर ने रोगी देखते-देखते नजर उठाकर देखा, सामने सुशीतल खड़ा था।

सुशीतल को देखते ही उनके सारे शरीर में आग लग गई।

बोलीं, 'आप कौन हैं? आप लाइन तोड़कर आगे क्यों आए?'

सुशीतल बोला, 'मुझे आपने पहचाना नहीं मिस नायर? मैं वही तुम्हारा सुशीतल हूं।'

'सुशीतल हों या कुछ और, आपने लाइन क्यों तोड़ी? आप निकल जाइए यहां से।'

'पर मैं तो तुमसे मुलाकात करने आया हूं, किसी और कारण से।'

मिस नायर बोलीं, 'नहीं, मैं और कोई भी बात सुनना नहीं चाहती, अभी मैं बहुत व्यस्त हूं।'

'तो क्या मैं तुम्हारे क्वार्टर पर आकर मिलूं?'

'नहीं, आपसे मुलाकात करने के लिए मेरे पास समय नहीं है।'

'पर बिना अपनी बात सुनाए मुझसे नहीं रहा जाएगा।'

मिस नायर अब तक अपनी कुर्सी पर बैठी-बैठी रोगी देख रही थीं। इस बार उठकर खड़ी हो गईं और बोलीं, 'आप जाएंगे कि नहीं, पहले यह बताइए।'

सुशीतल बोला, 'श्याम बाजार के मोड़ पर कॉफी हाउस में बैठकर साथ-साथ कॉफी पीने की बात तुम बिलकुल भूल गई हो?'

मिस नायर और अपने को रोक नहीं सकीं। सुशीतल के गाल पर ठस्स से एक थप्पड़ जमा दिया। उसके बाद जोर-जोर से चिल्लाने लगीं, 'दरबान, दरबान, इसे बाहर निकाल दो!'

सुशीतल कुछ क्षणों के लिए स्तंभित हो उठा। उसके बाद दरबान ने जब धक्का देकर उसे बाहर निकाल दिया तब जैसे उसे चेत हुआ।

उसके बाद अपमान, लज्जा और घृणा से भरा हुआ वह घर वापस लौटते ही, फिर शराब की बोतल लेकर बैठ गया। और फिर मिस नायर ने जो करने के लिए मना किया था, वही सब वह करने लगा। शराब की बोतल लेकर बैठने के बाद रात बारह बजे तक वह खत्म नहीं हुआ।

और जब तक बोतल की सारी शराब खत्म न हो गई, उसके अपमान की ज्वाला भी नहीं बुझी।"

20

पूछा मैंने, "उसके बाद ?"

कांति चट्टोपाध्याय बोले, "उसके बाद असली घटना घटी।"

"असली घटना ?"

"वही तो अब सुना रहा हूं। एक दिन अचानक ही सुशीतल का लड़का उसके सामने आ खड़ा हुआ।"

धीमान सुशीतल के सामने खड़ा था।

सुशीतल पहचान नहीं पाया। पूछा, "कौन हैं आप ?"

"मैं धीमान हूं।"

फिर भी पहचान नहीं पाए डाक्टर बैनर्जी।

बोले, "कौन धीमान ? कहां से आ रहे हैं आप ?"

धीमान बोला, "मैं आपका बेटा हूं। ढेर सारी चिट्ठियां मैंने लिखी थीं आपको, पर आपने किसीका उत्तर नहीं दिया। इसलिए खुद ही आ गया।"

"मुझसे तुम क्या चाहते हो ?"

धीमान बोला, "मैं स्विट्ज़रलैंड जाना चाहता हूं।"

"स्विट्ज़रलैंड ? तुम स्विट्ज़रलैंड जाना चाहते हो तो जाओ। मुझसे तुम लोगों का क्या संबंध है ? मैंने तो तुम लोगों से कोई संबंध रखा नहीं। तो फिर मुझे विरक्त करने क्यों पाए हो ?"

धीमान बोला, "मैं आपका बेटा हूं। बेटे के प्रति पिता का कुछ तो

कर्तव्य होता है।'

डाक्टर बैनर्जी बोले, "कर्तव्य की बात मत करो। मेरे प्रति किसने अपना कौन-सा कर्तव्य निभाया है? बाप के लिए भी तो बेटे का कोई कर्तव्य है, तुमने क्या उसे पूरा किया है? पर तुम क्या चाहते हो? जल्दी बताओ, मेरे पास समय नहीं है।"

धीमान बोला, "मुझे कुछ रुपया चाहिए।"

"रुपया? मैं कहां से लाऊं? मेरी जायदाद, जमीन-जगह , बाग-बगीचे सब करीमगंज में है, तुम चाहो तो सब बेच सकते हो, मुझे कोई आपत्ति नहीं है।"

इसी समय मैं वहां पहुंच गया था। नया चेहरा देखकर मैं कुछ चौंका था। यह कौन आ गया? साथ में सूटकेस, होल्डाल—लगता है, सीधे स्टेशन से ही चला आ रहा है।

मैंने पूछा, "ये कौन हैं डाक्टर बैनर्जी?"

डाक्टर बैनर्जी बोले, "कह तो रहा है कि मेरा लड़का है। यह स्विट्ज़रलैंड जाएगा। इसे रुपयों की जरूरत है। मुझसे रुपया लेने आया है।"

मैंने पूछा, "कितना रुपया चाहिए तुम्हें?"

धीमान बोला, "प्राय: पैंसठ हजार।"

"तुम स्विट्ज़रलैंड जाकर क्या करोगे? वहां तुम्हारा कोई परिचित है?"

धीमान बोला, "मेरा एक मित्र वहां है, वही सब व्यवस्था कर देगा।"

"वहां जाकर तुम क्या करोगे?"

"मैं वहां जाकर ब्लड कैंसर में रिसर्च करूंगा। पर यातायात के खर्च के लिए पैसों की जरूरत है। फिर वहां जाकर भी शुरू-शुरू में कुछ अपने पास चाहिए ही। पैंसठ हजार से कम में तो किसी तरह नहीं होगा।"

"कलकत्ता में रिसर्च करने से नहीं होगा?"

"नहीं। हमारे यहां उसकी सब व्यवस्था नहीं है।"

"किसी स्कालरशिप की व्यवस्था नहीं कर पाए तुम?"

"नहीं। वह हो जाने से तो कोई चिंता ही न थी। मैं अपने खर्च पर ही जाना चाहता हूं।"

मैंने पूछा, "पर करीमगंज में तुम लोगों की जमींदारी है, उससे क्या कोई आय नहीं है?"

धीमान बोला, "वही सब तो बेचकर इतने दिनों तक चलाता रहा हूं। डाक्टरी पढ़ने का खर्चा आजकल बहुत बढ़ गया है। प्रायः सब कुछ ही बिक गया है। और जो कुछ बाकी है, उसे बेचने पर ज्यादा से ज्यादा दस-बारह हजार रुपये मिलेंगे। इससे भला क्या होगा?"

मैंने पूछा, "तुमने अपने पिता का पता कहां से पाया?"

"अपने पिता के एक मित्र से। उनका नाम बसंत बाबू है। उनका लड़का मेरा क्लासफ्रेंड था। उन्हींसे मुझे पिता की सारी खबर मिली थी।"

डाक्टर बैनर्जी बोले, "मुझसे तुम्हें कुछ नहीं मिलेगा। मेरे पास एक रुपया भी नहीं है।"

धीमान निराश होकर कुछ देर तक खड़ा रहा। उसकी आंखों में आंसू आ गए थे और आंखें छल-छल कर रही थीं।

मैंने पूछा, "तुम्हारे पास कागज-पत्र सब ठीक हैं?"

धीमान बोला, "जी हां।"

"जरूरत पड़ी तो स्विट्जरलैंड की चिट्ठी तक दिखा सकोगे?"

"आप कहें तो मैं अभी दिखा सकता हूं। मैं सब कुछ अपने साथ ही ले आया हूं।"

मैं बोला, "मुझे नहीं दिखाना होगा। मैं देखता हूं, तुम्हारे लिए क्या कर सकता हूं।"

मैंने उसी शाम मिस अलका नायर को फोन किया।

उन्होंने पूछा, "कौन हैं आप?"

मैं अपना परिचय देते हुए बोला, "मैं एक विशेष कारण से आपसे

मिलना चाहता हूं।"

"किस कारण से? पहले कारण बताइए।"

"डाक्टर सुशीतल बैनर्जी का लड़का जबलपुर आया है। उसे लेकर आपके पास आऊंगा। वह आपसे अपनी बात कहेगा। आपसे मिलाने के लिए वह मुझपर जोर डाल रहा है।"

मिस नायर बोली, "ठीक है, आ जाइए।"

"कितने बजे?"

"शाम को, सात से आठ के बीच।"

"अच्छा।" कहकर टेलीफोन रिसीवर मैंने रख लिया।

21

पूछा मैंने, "उसके बाद ?"

कांति बाबू बोले, "उसके बाद धीमान को मैं अलका नायर के घर ले गया। जाने से पहले जो सोच रहा था, वहां जाने पर उसके ठीक उल्टा हुआ सब कुछ। मिस नायर ने एक साड़ी पहन रखी थी। बहुत ही साधारण रूप-सज्जा। जैसे हमारी ही प्रतीक्षा में बैठी थीं।"

सोच रहा था, सुशीतल बैनर्जी के यहां से गया हूं, इसलिए वे मुझे गालियां देने लगेंगी।

बोली, "आइए, आइए। मैं कुछ देर पहले ही लौटी हूं। आपेंडिसाइटिस का एक गंभीर आपरेशन था आज।"

उसके बाद धीमान की ओर संकेत करके बोलीं, "ये कौन हैं ?"

मैं बोला, "यही है धीमान बैनर्जी। सुशीतल बैनर्जी का एकमात्र बेटा। संसार में इसका कोई नहीं है। जब यह छः महीने का था, मां चल बसी। उसे सांस का रोग था। मृगी रोग भी था। और पिता रहते हुए भी न रहने के बराबर ही हैं। पिता ने इसे इससे पहले कभी देखा तक नहीं। आज ही यह कलकत्ता से आया है।"

मिस नायर ने पूछा, "इसे क्या रोग है ?"

मैं बोला, "इसे कोई रोग नहीं है। यह दूसरे कारण से आया है। वह सब आप इसके मुंह से ही सुनिए।"

तब तक हमारे लिए चाय और मिठाई आ गई थी।

मैंने धीमान से कहा, "तुम इन्हें बताओ, तुम्हें क्या चाहिए।"

धीमान बहुत ही शर्मीला स्वभाव का लड़का है। वह बोला, "मुझे कुछ रुपयों की जरूरत है।"

"रुपये?" रुपयों की बात सुनकर मिस नायर चौंक पड़ी। शायद उन्होंने रुपये की बात सोची भी न होगी।

फिर बोलीं, "रुपये?"

"हां, रुपये। यह देखिए, मेरा कारेसपौंडेंस। मैं सब कागज-पत्र अपने साथ लाया हूं। मेरा एक मित्र स्विट्जरलैंड में है, उसीने व्यवस्था की है। मैं मेडिकल कालेज की परीक्षा में फर्स्ट हुआ हूं। पर मेरी इच्छ दूसरी है। मेरी इच्छा है, ब्लड कैंसर में रिसर्च करूंगा। पर इसमें बहुत रुपया लगेगा। इतना रुपया मेरे पास नहीं है। मेरे पिता के पास भी नहीं है। उनसे मैंने पूछा था। पिता नहीं चाहते कि मैं स्विट्जरलैंड जाऊं। और फिर पिताजी ने कहा, उनके पास देने के लिए एक रुपया भी नहीं है।"

मिस नायर बोलीं, "अपने कागज-पत्र दिखाओ तो मुझे।"

धीमान ने पैकेट खोलकर सब दिखा दिया।

बोला, "यह देखिए, यह मेरा सर्टिफिकेट है।"

उसके बाद उसने और कागज-पत्र निकाले। वह सब भी दिखाया।

बोला, "यह देखिए, स्विट्जरलैंड के मेडिकल रिसर्च ब्यूरो से जो पत्र मुझे मिला है, यह है। और यह है मेरा एप्लीकेशन···"

सभी कागज-पत्रों को लेकर मिस नायर ध्यान से देखने लगीं।

उसके बाद कागज-पत्र लौटाकर बोलीं, "कितने रुपयों से तुम्हारा काम चल जाएगा?"

धीमान बोला, "गांव की जमीन-जायदाद बेचकर मुझे साढ़े बारह हजार रुपये मिले हैं, और बावन हजार रुपयों से मेरा काम चल जाएगा। मुझे इतना रुपया अगर कोई उधार दे दे तो बाद में मैं सब लौटा दूंगा। आप क्या दया करके देंगी? मैंने बहत चेष्टा की है, पर किसीने नहीं दिया···"

मिस नायर पता नहीं क्या सोचती रहीं कुछ देर तक।

उसके बाद बोली, "अच्छा, ठीक है, मैं थोड़ा सोचती हूं। कल तुम इसी समय आ जाना, चेष्टा करूंगी कि तुम्हें दे सकूं।"

उनकी बात सुनने के बाद मैं धीमान को लेकर चला आया।

आकर मैंने सब कुछ डाक्टर बैनर्जी को बताया। डाक्टर बैनर्जी सुनकर बोले, 'सब बेकार की बातें हैं। वह किसी हालत में रुपया नहीं देगी। उस दिन किस तरह उसने धक्का देकर मुझे बाहर निकलवा दिया था, आपको पता नहीं है? जो मेरा नाम सुनकर ही खीझ जाए, वह मेरे बेटे को रुपया देगी?"

मैं बोला, "किंतु हम लोगों को तो उन्होंने मिठाई खिलाई, चाय पिलाई। आपके लड़के के साथ तो काफी अच्छा व्यवहार किया उन्होंने।"

डाक्टर बैनर्जी बोले, "तब भी देखिएगा, वह रुपया नहीं देगी। मिस नायर ने नेपियर टाउन में छः कट्ठा जमीन खरीदी है, वह कहां से रुपया देगी? इसके अलावा, वह उस जमीन पर मकान बनवाएगी इसके लिए उसने समस्त रुपया अलग कर रखा होगा—वह किसी तरह भी रुपया नहीं देगी, देखिएगा। मैं जानता हूं, वह बहुत ही शैतान लड़की है।"

पर डाक्टर बैनर्जी चाहे जो कहें, मैं दूसरे दिन धीमान को लेकर फिर उनके पास गया। मिस नायर उस वक्त भी अस्पताल में आपरेशन कर रही थीं। आध घंटा के बाद ही आ गईं।

बोली, "मुझे थोड़ी देर हो गई।" कहकर पहले दिन की तरह ही उन्होंने चाय और मिठाई से हमारा स्वागत किया।

डाक्टर मिस नायर बोलीं, "मैंने बैंक से रुपया उठाकर रख लिया है। तुम्हें तो बावन हजार चाहिए न?"

धीमान बोला, "हां, बावन हजार देने से ही मेरा काम चल जाएगा। गांव की जमीन-जायदाद बेचकर मेरे पास साढ़े बारह हजार रुपये हैं। मैं पिता के पास शेष रुपयों के लिए ही आया था। किंतु पिता के पास एक रुपया भी नहीं है।"

मिस नायर कमरे के भीतर जाकर रुपया ले आईं। लौटकर नोटों

की ढर सारी गड्डियां उन्होंने धीमान के हाथों में रख दिया।

धीमान ने रुपया लेकर मिस नायर के पैरों को छूकर प्रणाम किया।

मिस नायर ने पैरों को अलग हटाते हुए कहा, "बस, बस। पैरों को छूने की जरूरत नहीं।"

धीमान बोला, "आप मेरी मां की तरह हैं। मुझे अपने पैरों को छूने दीजिए। आपने मेरा जो उपकार किया है, उसे जीवन भर भूल नहीं पाऊंगा।" कहकर उसने अपने हाथों को अपने सिर से लगाया।

उसके बाद बोला, "मैं आपका यह रुपया वहां से प्रतिमास बैंक के थ्रू भेज दिया करूंगा। एकसाथ नहीं दे पाऊंगा।"

मिस नायर बोली, "तुम्हें रुपये लौटाने की जरूरत नहीं। मैं समझूंगी कि किसी अच्छे काम में मैंने खर्च किया है। नेपियर टाउन में एक जमीन खरीदने के लिए मैंने इन रुपयों को रखा था।"

धीमान बोला, "आप जो भी कहें, मैं यह ऋण रख नहीं सकता।"

मिस नायर बोली, "मां का ऋण नहीं चुकाया जा सकता।"

"पर आपकी जमीन ⋯"

मिस नायर बोलीं, "मैं अकेली हूं, मुझे जमीन की इतनी जरूरत नहीं है।"

उसके बाद कुछ रुककर बोलीं, "तुम कलकत्ता वापस कब लोटोगे?"

धीमान बोला, "कल जो भी ट्रेन पहले मिल जाएगी, उसीसे लौट जाऊंगा।"

"तो आज रात का खाना मेरे यहां ही खाकर जाओ।"

कहकर वे भोजन की व्यवस्था करने भीतर चली गईं।

हम लोग बाहर के कमरे में ही बैठे रहे।

कहानी सुनाते-सुनाते भोर हो गई थी। पूछा मैंने, "उसके बाद?"

कांति बाबू बोले, "उसके बाद और क्या? डाक्टर मिस नायर अभी भी यहां के अस्पताल में हैं। और डाक्टर बैनर्जी को तो आज आपने

क्लब में देखा ही। अभी भी मिस नायर डाक्टर बैनर्जी के साथ एक बात नहीं करतीं। यही नहीं, उनका चेहरा तक नहीं देखतीं। डाक्टर बैनर्जी अभी भी उसी तरह शराब पी रहे हैं और जुआ खेल रहे हैं। और रुपयों की कमी होते ही, जहां कहीं से भी हो, उधार ले लेते हैं। उधार में उनके बाल-बाल बिक चुके हैं। तब भी जुआ खेलना ही होगा। एकदम पक्का जुआरी हो चुके हैं। शराब और जुआ दोनों का ही नशा हो चुका है उन्हें। अब उन्हें कोई नहीं बचा सकता। देखा नहीं आपने, इस तरह उन्हें नशा हो चुका है कि हम सामने से गुजरे, फिर भी वे मुझे पहचान नहीं पाए। इसका मतलब ही है कि वे नशे में चूर थे।"

"और वह धीमान?"

कांति बाबू बोले, "वह ठीक हर महीने मिस नायर को रुपया भेज देता है, एकदम नियम से। सुना है, मिस नायर ने रुपया भेजने के लिए मना कर दिया था, फिर भी वह रुपया भेजता जा रहा है। अभी भी वह मिस नायर को 'मां' कहकर ही चिट्ठी लिखता है। मिस नायर को बेटा मिला है पर पति नहीं मिला। मां बनने में उन्हें कोई आपत्ति नहीं है, पर पत्नी के नाम से ही उन्हें चिढ़ है। शायद यह भी प्रेम है।"

● ●